異世界転移したよ！

Transferred to a different world

八田若忠

Yatsuta Wakatada

CHARACTER
人物紹介
デックス
アサカーの長女。武器はナイフ系。
若干ツンデレの疑いあり。
エステア
アサカーの三女。筋肉系ファイター。
大雑把で男勝りな性格。
ヴィータ
アサカーの次女。罠のエキスパート。
おっとりしたおとぼけタイプ。
イント
中二病ぎみの45歳・大道寺凱が
転生した本編主人公。カッコいい
ポーズの研究に余念がない。

ルッソ
タフィーロも舌を巻くレア種の馬。
知能が高く、人語を理解する。
タフィーロ
貸馬屋。いい年して重度の中二病。
左腕の包帯の下にあるのは……？
ワック
ハンターギルドの若きエース。
激高しやすい性格が玉にキズ。
アサカー
エンガルの町で鍛冶屋を営む
ドワーフ。イントのツッコミ担当。
クマ
イントが土魔法で造り出した
ゴーレム。アサカーを虜にした。

1　サラミ！　パンチ！　ＯＬ！

死というものは、意外と冷静に受け止めることができるみたいで……。

自分の死でさえ、冷静に「あー、ぶつかる。これは駄目だな」なんて考えたり、「そういえばＤＶＤのレンタル期限、来週だっけ……」などと、どうでもいい心配が頭をよぎるもので……。

まあ、そこそこいい人生でした。

四十五年の人生を終えるには、交通事故でポックリってのは、悪くないな。

嫁も子供もいない身だったし。

次の人生は、嫁も子供も欲しいな……。

あ……意識が遠くなってきた。

大道寺凱《だいどうじがい》、享年《きょうねん》四十五歳……。

「おい……」

ん？

「おい！」

なんか、呼ばれてる？

目を開けると白い空間が……。

まさか……転生系？　ちょっと頬《ほお》が緩《ゆる》む。

「起きんかぁ！　ごらぁ！」

ドスの利《き》いたおっさんの声が辺りに響き、鉄製のロッカーを蹴りあげたような音が続いた。

「はいいいい！」

反射的に地面から飛び上がって声の主《ぬし》を探すと、正面に、パイプ椅子《いす》に座ってこちらを睨《にら》みつけているパンチパーマのダンディーなおじ様が。

顎《あご》をしゃくりながら「ちょっと、こっち来いや」などとおっしゃっている。

俺は「誰のことかな？」と辺りをくるりと見回してみたが、二十畳《じょう》ほどの真っ白な部屋の中には、彼の他に俺しかいない。

震《ふる》える指で自分を指し「ボクデスカ？」と尋《たず》ねたところ——。

「お前しかおらんやろが！」

パンチの王子様がそう怒鳴ったと同時に、彼のすぐ横に鉄製ロッカーが現れた。そして彼に一発蹴られた直後、ロッカーは消える。え？　何、今の？

パンチ王子の足が床に下ろされた時に「チャリリ……」と鉄っぽい音がしたので、おそらく履《は》いているのは雪駄《せった》だろう。

着ている服は白いジャージ、腕には昇り龍の刺繍《ししゅう》が施《ほどこ》されている。

はだけたジャージの胸もとから覗《のぞ》くのは、某《ぼう》遊園地マスコットのパクリっぽいキャラの刺繍が入ったTシャツと、極太の金のネックレス。

手首には健康ブレスレット。

指輪はたくさん。

サングラスの縁《ふち》、金。

心の中で「パッシブスキル・隠密《おんみつ》」を唱え続けるが、彼のサングラスのレンズには、今にも気を失いそうな俺の姿がハッキリと映し出されたままだ。

頭の中に「○○は逃げ出した。でも回り込まれた。○○は逃げ出した。でも回り込まれた」という文字の羅列《られつ》が延々とスクロールされる。

押し潰《つぶ》されそうな沈黙……そんな中パンチ王子は地面にツバを吐き、喋り始めた。

「お前《め》ぇよ、とりあえず死んだから」

「はい！　ありがとうございます！」

「ありがとうじゃ！　ねえよ！」

ロッカー召喚《しょうかん》！

「すいませんでしたあ！」

「ったくよ、俺ぁ、お前ぇみたいなのが大嫌いなんだよ！」

「ありがとうございます！」

「とりあえず、お前ぇあれだ、トレード出すから。地球にイラネ」

「ありがとうございます。……へ？」

「へ？　じゃねえよ！　お前ぇ、もう地球に転生しねぇから」

「えーと……ひょっとしてあなた様は、神様でしょうか？」

「見りゃわかんだろ？　ああ？」

「どうりで神々《こうごう》しいと思いました」

「おだてても何も出ねえぞゴラ！　……サラミ食うか？」

パンチ王子は、いかにもパチンコ屋の景品みたいなベビーサラミを地面に放った。

俺は光の速さでそれを拾うと「ご馳走《ちそう》になります！」と言って、包み紙ごと食う。

「お前を欲しがってるとこがあってなぁ。うちの世界にお前はそぐわねぇから、トレードになったってわけだ。大体地球じゃあ使えない『魔法』を手前《てめ》ぇは何十年も練習しやがって……地球はなあ、筋肉と気合いで生きてく世界なんだよ！　それを手前ぇは何年も何年も、魔法なんか使いやがって」

パンチ王子はため息をつきながら、心底呆《あき》れた様子で頭を振った。

「えと……魔法なんて、自分使えないっすけど……童貞も三十前に捨てたし」

パンチ王子は、またこちらを睨みつける。

「手前ぇ、毎晩寝る前、ナニやってた？」

「寝る前っすか？　最近は年のせいもあって、そんなにエロいことやってないですけど」

「そうじゃねぇよ！　他にも日課があっただろうが！」

寝る前の日課？　何やってただろう……。


あ……。


「もしかして……アレっすか？」

「おう！　アレだ！」

俺はその場にしゃがみ込んで、みるみるうちに顔を真っ赤にしてしまった。

やめてくれえええええ！

心の中で隠密を唱える！

「『カメハメ』何だっけ？　あと、『ス○シウム』何とかってのもあったよな？」

パンチ王子はニヤニヤしながら、言葉の殺人コンボを繋《つな》げていく。

「『錬成《れんせい》』とかもかなりやってたろ？　お前ぇ、職場が鉄工所だったもんな。『等価交換』がどうのこうのって、俺も最初わかんなくてよ、どこのパチ屋かと思ったぜ」

「あれは、寝る前の軽いストレッチで……」

「魔力、出まくってたがなあ」

「魔力？　だから、魔法なんて使えないっすよ？」

「使えるぞ」

「いや、けど自分童貞でもないし、って……え？」

「地球でも使えるぞ。ただな、俺が魔法なんて軟弱《なんじゃく》なもん嫌いだから、発動させないようにしてるだけだ」

「自分、魔法使ってたんすか？」

「そうだよ。発動しなかっただけだ。普通は子供のうちにバカらしくなって諦《あきら》めるもんだが、どっかのアホは四十半《なか》ばになっても魔法を使い続けてな……しまいにゃ、地球に存在しねぇ『スキル』まで使えるようになりやがった」

「スキルなんて、自分使ってないっすよ？」

パンチ王子は、またため息をつく。

「お前ぇ、最初俺様を見て、何やった？」

俺は考えを巡《めぐ》らし……はたと気づいた。

「えと……隠密っすか？」

「そうだよ……そんなもん地球には存在しねぇ。それを手前ぇはゲームみたいにホイホイ使いやがって……あと荷物！」

「荷物っすか？　何も持ってないっすよ？」

「違《ちげ》ぇよ！　お前、バッグやポケットに物しまう時、何か使ってただろ？」

「えと……『亜空間収納』とか念じながら……」

「それだ！　実際使えちまってるんだよ、その亜空間なんちゃら」

「まさか……ははっ、あり得ないっすよ……」

「実際に増えちまってるバッグやポケットの容量は○・一立方《りっぽう》ミリとか○・一グラムだけどな。それでも神が魔法の発動を抑えてんのに、その世界の人間が使っちまうのが大問題なんだよ！」

ロッカー召喚！

どうやらこの神様、怒るとロッカーを召喚して蹴る癖《くせ》があるらしい。

「あー、だからな、お前ぇこの世界からリストラだ。ちなみに交通事故は俺が操作した。文句あっか？」

「文句なんかありません！　ご褒美《ほうび》ありがたぁっす！」

「おう。じゃあ、とりあえずリストラ先そこのドアの向こうだから、行って受付で話つけろ。さっさと去《い》ねや、軟弱者が！」

いつのまにかトレードからリストラになっていたが、この場を離れられるならどこでも天国と思い、すぐ横に現れたドアを開けて転がるように転生先に――。

……って、ドアの向こうも、また白い空間だった。

キョロキョロと見回すと、事務机に座ったＯＬっぽい女性が微笑《ほほえ》みかけている。

「あのー……受付って、こちらでよろしいですか？」

おそるおそるその女性に声をかけると――。

ビキッと音を立てて、女性が持っていたボールペンが折れた……。

「えーっと、私がこの世界の神ですが？」

パンチ王子に劣らない凄まじい威圧感が、白い部屋を包む。

「あああ！　ごめんなさい！　隣のパンチが受付って言ってたから、つい」

「ほほぅ……あの腐《くさ》れパンチ、そんなことを？　……とにかく、そこに掛けなさい」

目の前に椅子が現れた。

もちろん、椅子の隣に正座した。

「で……あなたがパンチの世界、地球から送られてきた人ね？」

書類をパラパラめくりながら、こちらをチラチラ窺《うかが》うＯＬ女神《めがみ》様。

「はい……」

「うちは魔法がウリの世界なのよねぇ……あら、すごい魔力。ふふん」

女神様は書類をめくりながら、にこやかに笑う。

「まぁ、なんであなたに来てもらったかって言うと、こっちの世界、文明が行きづまってるのよねぇ。魔法が使えるから色々便利なんだけど、皆、新しく何かを生み出すってことを考えなくなってるっていうか。パンチの世界もそうだけどね。あいつは筋肉同士でぶつかり合う暑苦しい世界を造るつもりだったのに、実際は筋肉のない者が機械を造り出して、移動するのも物を作るのも人を殺すのも、機械に頼る世界になっちゃってるでしょ。私の世界は、今存在する魔法で皆満足しちゃって、新たに何かを生み出したり、変革を起こしたりしようっていう気概《きがい》が足りないのよね。だからいまだに、パンチの世界でいえば中世のヨーロッパみたいっていうか、インチキファンタジーみたいな世界観で何百年も……」

ＯＬ女神様はつらつらと、自分の世界の現状やパンチ王子の愚痴《ぐち》を喋り始め、止まらなくなった。

こうして俺の体感で四時間ほどの愚痴を聞かされたあと――。

「というわけで、あなたにはかなり期待しているのよ」

なんか期待されているらしい。

「自分に何ができるんすか？　結構、能力的には底辺だと思うんですけど」

「あー、腐れパンチの世界とは違うから。そうねえ……とりあえず、魔法とスキルの解放をしときましょうか」

指をパチンと鳴らしたあとに――「ね？」という顔をするＯＬ女神様。

対する俺は、わけがわからずキョトンとするばかりだ。

「あーそっか、使い方わかんないと、解放されてもそんな顔になっちゃうわよねぇ」

「はぁ」

「自分のやり方で構わないわよ。むしろそのほうが、世界で変革が起こせるかもだしね。じゃあ、なんかやってみせてよ。ほら早く！」

昔、頭数合わせで呼ばれた合コンで、酔った女の子に一発芸を強要されたことを思い出しながらも――。

「じゃあとりあえず、自分に何ができるかの確認から……」

「カメハメ何とかでも、スペ何とかでもいいわよー！」

やめてえええええええ！

――十五分ほど床にうずくまったあと。

「じゃあ、やります……」

「意外とメンタル弱いわね……」

といっても、何をしたらいいのか。

まずは……ステータスとかの確認かな。

「ス、ステータス」

そう唱えてみると、目の前に、前世で使っていたタブレットPCのような画面が浮かび上がった。

そこには、ステータスが表示されている。

【名前】　なし
【年齢】　45
【レベル】　1
【職業】　なし
【STR（筋力）】　10
【VIT（体力）】　20
【DEX（機敏）】　5
【INT（魔力）】　1300
【CHA（魅力）】　20
【魔法】　土・火（ファイヤボール）・水（ウォーターボール）・風（ウィンドボール）
【スキル】　隠密・土下座・妄想・空間付与・鑑定
【加護《かご》】　土・OL女神

こんなん出ました。

ＯＬ女神は、俺のと同じタブレットＰＣふう画面を、自身の前に出現させた。

「へえ、便利だこと。これは、地球のゲームとか小説の知識ね？　人間の能力値をここまでザックリ仕分けしちゃうとは、恐れ入ったわ。あ、説明はいいわよ、あなたの知識はもうある程度わかってるから」

そう言って、正座している俺に画面を突きつけてくる。

「ちなみに、これがこちらの世界の男性の、平均的なステータスね」

【ＳＴＲ】　５０
【ＶＩＴ】　３０
【ＤＥＸ】　１０
【ＩＮＴ】　２０
【ＣＨＡ】　５

「なんというか、俺……チート系主人公としては微妙《びみょう》っすね」

ため息が出た。

もっと圧倒的なステ差で、「俺TUEEEE」できるかと思っていたのに。

「あらぁ、破格よぉ？　あなた、『加護』が二つもあるじゃない？　土と、ＯＬ？　って私のこと？　まぁいいわ。土の加護は……あなた、土とか鉱石関係の仕事やってた？　土魔法に強くなれるわよ。あと、私の加護は、レベルね。こっちの世界にはレベルなんて概念ないんだけど、あなたには特別につけてあげる。ステータスで見られるからね」

「えーと、ありがとうございます」

「どういたしまして。あと他に、なんか願いとかある？　このまま現地に送ってもいいけど、慣れない土地で早死にされても困るから」

「あ、じゃあ、ちょっと若返らせてもらってもいいですか？　最近腰痛とかきつくて。あとは、神様にお願いっていったら……健康と長生きくらいしか思いつかないっす」

ＯＬ女神はヒラヒラと手を振りながら、言った。

「あー、おっけーおっけー。やっとくー。じゃあ、転移いくよー」

目眩《めまい》がしたあと――。

視界一面に、壮大な自然が広がっていた。

その風景の中で、一頭の巨大な猪《いのしし》が、こちらを見てキョトンとしていた。

俺と目が合う。

すると猪はにやりと笑い、牙《きば》を光らせ、雄叫《おたけ》びを上げて走ってきた。

やばい！

俺はすぐさま身を翻《ひるがえ》し、隠れる場所を探そうとしたが――足が動かない。

「状態異常」だ。

なぜ？

正座か……。

あんのクソ女神、なんて場所に転移させせとんじゃあ！

とにかく、こ、ここは魔法だ！

スキルでもいい！

とっさに発動したのは――「アクティブスキル・土下座」。

「許してください」

地面に擦《こす》りつけられた俺の頭を、大猪がギュムッと踏む。そして「フン！」と鼻を鳴らして、森の中へ帰っていった。

「危なかった……」

とりあえず今やるべきことは、足のマッサージだな。

その場にかがみ込んだまま、ひたすらふくらはぎを揉《も》み込むチート主人公がここにいた。

◇◇◇

とりあえずだ。

人を探そう。できるだけ、土下座の必要なさそうな人を。

でないと寂《さび》しくて死んじゃう。

近くにあった岩を触ってみる。ふふん……この苔《こけ》が生《む》している側が、ズバリ北だな！

いやいやいや、北がわかっても、人里どっちだよ！

俺、なんかアイテム持ってないかな？

そう思い、ポケットを探ってみる。

って……あれ？　いつの間にか、服装が変わっているぞ？　白いジャージに、某遊園地マスコットのパクリっぽい柄のＴシャツ……。

ポケットには、ベビーサラミ。

あの女神ぃぃぃぃぃ！

「さっきクソ女神って言ってごめんなさい」

土下座した。

すると服が、一瞬で地味な作業服に変わった。

おお！　やっぱさっきの服は悪口のせいだったか！

たぶんこれが、この世界の一般的な服装なのだろう。

だけどポケットには相変わらずベビーサラミが入っていた。神様連中は、そんなにサラミが好きなのか？

さて……無闇《むやみ》に歩き回るよりも、今自分が何を持っていて、何ができるのか、遭難《そうなん》時にはそれを考えることが大事！　ということでポケットをいじると……またサラミが出てきた。

まさか……。

出てきたサラミを食べたあとに、もう一度ポケットに手を入れると……再びサラミ。

「無限サラミか……」

これから一生、ベビーサラミには困らんな。

えーと魔法は……ステータスを見るかぎりだと、火・水・風の魔法はそれぞれ「何とかボール」が使えるみたいだな。

よし。

「ファイヤボール！」

試しに唱えてみると、火の玉が右手の上に現れた。

「おおおおう！」

ちょっと興奮！

手の上で燃え続けるファイヤボールを見ながら、えーと……。

力を込めてみる。すると、ボールは小さくなり、熱量が上がった。

反対に力を抜いてみると、大きくなって、代わりに熱量が下がった。

へぇ……よし、次は。

俺はその場を少し離れてから振り返り、さきほどの、苔の生えた岩を見据《みす》える。

そして岩に向かって、ファイヤボールを投げつけた。

ボールは、普通に投げられた野球ボールくらいのスピードで飛んでいき、岩にぶつかった。

爆発とか、燃え上がるとか、そういう効果はなしで。

「微妙だなぁ……」

続いて試したウォーターボールもやっぱり微妙だった。サラミの食い過ぎで喉が渇《かわ》いたので飲んでみたのだが――普通の水である。

「盛り上がらねぇ……」

そういえば、土魔法だけステータスにボール系の但《ただ》し書きがついていなかったな。土魔法はできないのかな？

アースボール、とか唱えたらできるんじゃないか？

「アースボール」

すると手の上に、土の塊《かたまり》が現れた。

できるじゃん。

でも、土のボールって……泥《どろ》遊びじゃないんだからさ。せめて、岩とか……。

そう思った瞬間、手の上の土が、ピキピキと音を立てて岩に変わった。

「おおおおう！　すごい、土魔法！」

もしかして、他の魔法でもできるんじゃないか？　水を氷にするとか！

早速、もう一度ウォーターボールを出して念じてみたが——氷にならない。

……あれ？

気を取り直し、土魔法で土のボールを出して、岩に変える。

次に、イメージの中でそれを尖《とが》らせてみた。

すると手の上の岩が、シュルリと弾丸みたいな形にシェイプされた。

そこで映画なんかの拳銃をイメージして、さっきの岩を指差して「飛べ！」と命じると、手の上の弾丸はちょっと引いちゃうくらいの勢いで飛んでいき、岩に風穴を開けた。

すごい……。

土の加護って、こういうこと？

土魔法だけは、自分のイメージどおりに魔法をアレンジできるってことかな？

試しに地面に手を触れながら穴をイメージしてみると、ぽこっと足もとの地面が削《けず》れて、落下した。

深さは一メートルほどだったが、かなり焦《あせ》った。

穴から出て、今度は前方の地面に向かって念じてみる。イメージどおりの穴がスポンと掘れた。

そちらを見ながら、何となく穴が前後左右に動くイメージを脳内に浮かべてみると――。

穴がずるずると動いた。

おおおう！　これは便利！

「もう怖いモンなし！」

などとはしゃぎながら土魔法で遊んでいるうちに、日が暮れた。

……やべぇ。

異世界の夜って、きっと、ろくなことないよな……。

周囲は森と岩場ばかりで、どうやら山の中っぽい。人里があるとしたらだいぶ離れたところだろう。

とりあえず……今夜はこの辺りで野宿だな。

すぐ近くにちょっとした岩山があったのでそこまで行き、土魔法で横穴を掘った。

それなりの広さの空間ができたところで、寝台を造ることにした。土魔法を使って、土台は硬めの土、体に触れる部分は柔らかめの土にして、腰に優しいものにしてみた。

この辺には猪がいるみたいだからな……念のため横穴の入り口を土魔法で塞《ふさ》ぐ。そして上のほうに空気穴だけぽつんぽつんと開けると――おうちができたよ！

しかし、暗いな。

ファイヤボールを出し、空気穴のすぐそばに置く。

あら……すぐ消えた。

外には森もあるから、一度外に出て薪《たきぎ》を拾ってきて火を焚《た》くかな。

入り口の壁を取っ払い、外で枯れ枝を拾い集め、戻ってきてファイヤボールで火を点《つ》けた。

おお、そうだ、換気もしないと。

魔法で空気穴を大きくし、数も増やす。足りなかったら、あとで煙突《えんとつ》を掘ればいいよな。

オラ、なんかワクワクしてきたぞ。

宿の心配はなくなったから、あとは適当に歩き回れば……きっと人里も見つかるだろう。

おやすみなさーい。

◇◇◇

さて……ひっきりなしに襲い来る虫のせいでさっぱり眠れなかったが、朝になったようだ。

大猪に襲われるよりはマシだと自分を納得させつつ虫を追い払い、ウォーターボールで顔を洗う。

塞いでいた入り口を柔らかい土に変えて崩し、外に出た。

太陽が空に上がってはいたが、ちょっと肌寒い。

とりあえず、今日は人里を探そう……ここは寂し過ぎる。

でも知らない山の中を歩き回るのはやっぱり面倒だし怖い。空を飛べたらいいのに……と思って何となく青い空を見上げると、二十メートルくらい上空を、巨大なプテラノドンみたいな生き物がバッサバッサ羽音を立てて飛んでいくのが見えた。

大きな足の爪《つめ》に獲物を掴《つか》んでいるようだ。

目を凝《こ》らしてみると——昨日土下座して許してもらった、あの大猪っぽかった。

「……明日からがんばろう」

穴の中に引き返し、そっと入り口を閉じた。

◇◇◇

次の日。

ヒマなので穴の中で魔法をアレンジしてみた。その名も——アースソナー！。

動物が歩くことで発生する振動《しんどう》を感知して危険を回避できる、安全快適な山歩きライフの強い味方。

なのだぁ！

なのだぁ！

ふひひ……自分天才でさーせんふひひ……じゃあ、早速使ってみるぞぉ。

「アースソナー」

――その結果、重量級の足音がすぐ近くで複数感知された。

また穴に戻り、入り口を塞いだあと、少し泣いた。

◇◇◇

次の日の朝――穴の中の落石で起こされた。

「おんぎゃああ！　死ぬぅ！」

すぐに落石は収まったが、原因を調べようと穴の中を見回すと、天井《てんじょう》にメッセージが彫《ほ》り込まれていた。

内容は――早《は》よ町に行け！　この愚図《ぐず》！　ＯＬ女神より。

ＯＬ固定っすか……。

ありがたい御神託《ごしんたく》に従って、とりあえず町へ向かうことにした。だけど町は一体どこにあるんだ？

あれ？　数日前にも同じことを考えた気がする。ここはちょっとアクティブかつオフェンシブに行くか！

モンスターとエンカウントすることなんて恐れず、大胆に冒険してみよう！　この狭い穴倉をいよいよ飛び出すぞ！　人はベビーサラミのみにて生きるにあらず！

◇◇◇

……。


あれから何日経っただろう。

もう日付の感覚さえ曖昧《あいまい》になるほど、俺は命のやりとりを続けていた。

森の中から複数の足音が近づいてくる。フォレストウルフの群れだろう。

アースソナーを行使しながら、俺は森の中をひたすら走る。このまま進めば、あと十メートルほどで奴らの挟み撃ちの合流地点に至るはずだ。

奴らは飢えた牙から涎《よだれ》を滴《したた》らせ、これから始まるであろうディナーに胸を躍《おど》らせて走っているに違いない。

そして予想どおり、俺はフォレストウルフ達に挟まれた。

奴らは歓声《かんせい》のような遠吠《とおぼ》えをあげる。

その瞬間――俺はニヤリと笑みを浮かべ、パッと姿を消す。

フォレストウルフ達は混乱して吠え散らかしながら、俺の匂いを探していることだろう。

だが匂いを捉《とら》えることはできない。

俺が森の奥へ逃げたとでも思ったのか、追い詰めた獲物を仕留める寸前のテンションのまま、フォレストウルフ達はその方角に向かって駆けていった。

「ふぅ、よいしょっと」

危なかったぁ。

落とし穴は万能だな！　危なくなったら、自分を落として蓋《ふた》すりゃいいんだもんな。

よくがんばってるよ俺！　まだモンスターを落とし穴に引っ掛けたことも、もちろん倒したこともないけど。レベル1のままだけど。

それに森の中をコソコソ歩き回っているうちに、人間の歩いた道っぽいものも見つけたし。

この道沿いに歩いていけば、たぶん第一村人発見もすぐだろう。

そんなことを考えながら山道をトボトボ歩いていると、はたと気づく。

そういえば、落とし穴の魔法に名前つけてないな。

こんなに便利な魔法なのに名前がないなんて！　アリエナイ！

でもどんな名前がいいかな？

すべてを消し去る穴……敵も、自分さえも、オールナッシングな穴……。

オールナッシングホールか！

チョット長い？

うーむ……。

そうだ！

「略して！　オナ――」

ピシャアアアアン！

「ホウウ……」

落雷が、俺の後頭部を直撃した。

地面には、いつもどおりメッセージが。

――認めません　ＯＬ女神。

そこで気を失った。

2 ツッコミ！ 名前！ 鉱石！

「おい……おい、生きてるか？」

誰かがユサユサと体を揺すっている。

意識が覚醒《かくせい》してきた。

少し頭が痛むが、久しぶりに感じる人間の気配に、俺は無理やり体を起こす。

アメリカ最大の暴走族の親分さんぽい、ヒゲもじゃで、腕の太さが尋常《じんじょう》じゃない男の人がしゃがみ込み――こちらを覗き込んでいた。

「お願いします、殺さないでください」

俺は静かに土下座した。

「殺さねえよ！ 人聞きが悪過ぎだよ！」

あ……ツッコミ気質だ、この人。

「こんな山ん中で血だまりに倒れてるから心配してやったのに、なんてこと言いやがる！」

血だまり？

「うわ！　血だ！　やっぱり、俺、殺され……」

親分さんは、ますます慌《あわ》てる。

「違うっつってんだろ！　第一お前、自分の血で『犯人は、ＯＬ』って地面に書いてんだろが！」

あ、本当だ。

「死に際《ぎわ》に犯人を書き記《しる》す、こういうの、何て言うんでしたっけ？　……血だまりスケッチ？」

「ダイイングメッセージだよ！　つうかお前、血まみれのわりに元気いいな！」

ああ……打てば響くなあ。この人いい人だ。

「実は俺……ここ数日、山の中をさまよってたんです。助かりました」

「ずいぶん物騒《ぶっそう》なさまよい方しやがる。まあいい。じゃあ、野盗《やとう》や山賊《さんぞく》の類《たぐい》じゃないんだな？」

険《けわ》しい顔で俺を見る親分さん。

「山賊に襲われる自信はありますけど、山賊になって親分さんを襲う自信はないですね」

ウォーターボールで頭の血を洗い流しながら、答える。

「親分さんって、俺のことか？　俺の名前はアサカーってんだ。この山の麓《ふもと》の町で鍛冶屋《かじや》を営《いとな》んでるドワーフ族さ……って、赤の他人に背中向けて頭洗ってるくらいだから、敵意はないみてぇだな。しっかし、いくら鉱山で人気《ひとけ》が多いからって、丸腰は感心しねぇぞ。よく生きてたな？　死にかけだったけど」

え？　人気が多い？

「この辺、人、けっこう来るんですか？　大猪と狼と、デカイ鳥みたいなのしか見かけませんでしたよ？」

アサカーさんは俺の質問には答えずに立ち上がって、遠くの岩を指差した。ちっさいなこの人、身長百四十センチくらいだろうか？

「あそこにデカイ岩があるだろ？　って、あれ、なんか穴が開いてるな？　あの岩は山に来る奴らの目印なんだが、あそこから十五分くらい歩けば鉱山の入り口だ。そこには鉱山管理の役人がいつも数人いるぞ？」

あの、穴が開いた岩は……見たことあるなぁ。デジャブかな？

「そうだったんですか？　助かりました。あ、町にはどうやって行けばいいんですか？」

アサカーさんは、頭を掻《か》きながらこちらをジロジロ眺め——。

「お前ぇさん、名前は何てーんだ？」

「あ……申し遅れました、俺……」

あれ？

俺、名前、何ていうんだ？

やべ……マジでわかんない。

あ！　そうそう！　こんな時のステータス！

「ステータス！」

目の前に、例の画面が現れた。

【名前】なし
【年齢】20
【レベル】1
【職業】なし
【STR】10
【VIT】20
【DEX】5
【INT】1300
【CHA】20
【魔法】土・火（ファイヤボール）・水（ウォーターボール）・風（ウィンドボール）
【スキル】隠密・土下座・妄想・空間付与・鑑定
【加護】土・OL女神（健康・長生き・レベル・サラミ）

あれ？　名前、なし？

年齢……二十？

「アサカーさん……俺、名前がないみたいっす。どうしましょ？」

「名前がわからなくなってんのか？　頭を打つと記憶がなくなることがあるって言うしな……適当につけとけ。ないと何かと不便だし」

適当でいいのか？　なら、中二病全開の、漢字で書いたら絶対読めないような名前がいいな！

うーん……龍康殿《りゅうこうでん》とか？　いきなりだと、あんまり思いつかない。

「アサカーさん、何か、いい名前あります？」

アサカーさんは、驚いたのか目を剥《む》き――。

「ねえよ！　なんで俺がお前の名づけしなきゃいけないんだよ！」

「そうっすか。でも俺も思いつかないんすよね……じゃあ、アサカーJr.でいいっす」

「よくねーよ！　なんでJr.なんだよ！　お前、俺の何なんだよ！」

「思いつかないんですよ。それに自称って、なんか恥ずかしくないっすか？」

俺がそう言うと、アサカーさんは腕を組んで考え込んだ。

そして。

「じゃあ……イントってのはどうだ？　呼びやすいし、覚えやすいぞ」

「はい、じゃあそれでいきます」

「軽いな！　もう少し考えろよ！　……まあ、いいってんならいいけどよ」
俺はもう一度ステータス画面を表示した。

【名前】　イント
【年齢】　２０
【レベル】　１
【職業】　なし
【ＳＴＲ】　１０
【ＶＩＴ】　２０
【ＤＥＸ】　５
【ＩＮＴ】　１５００
【ＣＨＡ】　２０
【魔法】　土・火（ファイヤボール）・水（ウォーターボール）・風（ウィンドボール）
【スキル】　隠密・土下座・妄想・空間付与・鑑定
【加護】　土・ＯＬ女神（健康・長生き・レベル・サラミ）

うん……名前がついた。そのせいか、ステータスの「ＩＮＴ」がちょっと増えてるぞ。

「ありがとうございます、名前がキチンとつきました」

「まぁそれはいいがよ。お前ぇさん、見たところ装備らしい装備もしてないし、金もないんじゃねぇのか？」

俺はポケットからベビーサラミを取り出し――。

「お金は、これしかないです」

アサカーさんに見せた。

「これは金じゃねえよ！」

サラミを取り上げたアサカーさんは訝《いぶか》しげにそれを眺め、「食えるのか？」と確認して、食べ始めた。

「お？　これは……うまいな！　干し肉か？　それにしてはちょっと辛いが」

俺はアサカーさんの手にもう一つサラミを乗せる。

「これはサラミっていうんです。酒にも合いますよ」

自分でも一つ食べる。

「ああ、確かに酒に合いそうだな……って、違ぇぇよ！　話が進まねぇだろ！」

と言いつつ、俺の手からサラミをもう一つひったくる。

「お前ぇさん、行くところがないんなら、うちで日雇いで働かないか？　飯と寝床くれぇは用意してやるぜ」

「パパ！」

「パパじゃねぇよ！　懐《なつ》くの早《はえ》ぇなお前！」

とりあえずまったく土地勘がないことを伝えたところ、この山の名前はロクゴウ山で、最寄りの町はエンガルだと教えてくれた。アサカーさんが住んでいるのもその町だそうだ。

ちなみにお金の単位はエヌで、安い飲食店だと一食五百エヌ、宿屋は素泊まりで大体三千エヌなのだとか。

アサカーさんは、これからロクゴウ山の坑道で鉱石を掘り出すらしい。入山税は規定の籠《かご》一つあたり三百エヌ。籠一つ分の鉱石を都会の鍛冶屋に持っていくと、五千エヌ程度で買い取ってくれるという。籠は、幼児がしゃがんで入れるくらいの大きさだ。

アサカーさんは籠を二つ持っている。中はもちろん空《から》。

これらの籠に鉱石を詰め込み、両肩からぶら下げて山を下りるらしい。

スゲー！　力持ち！

でもドワーフの鍛冶屋ならこれくらいは普通だと、アサカーさんは言った。

狙っている鉱石は「ウーツ鉱石」という種類とのことで、非常にレアなのだとか。これを精錬《せいれん》するとお宝に化けるそうだが、精錬にかかるコストが馬鹿高いのだとアサカーさんは不満をこぼしていた。

◇◇◇

さて、アサカーさんに雇われた俺。

今日の仕事は、「ウーツ鉱石を掘り出して籠の中に放り込み、その籠を背負って山を下りる」だけ。簡単そうだ。

目的地である坑道に着き、早速、鉱石を探す。俺は初めてなので、掘り出す作業はアサカーさんがやってくれた。やっぱりいい人だ。

少しして、アサカーさんが籠の中を見せてきた。黒っぽい石がいくつか入っている。

「おい、イント。鉱石の区別はつくか？」

正直全然わからないが、一つだけメタリックな灰色をした石があったので——。

「この灰色のが、ウーツ鉱石じゃないですか？」

「そうだ。ちょっと変わった模様《もよう》が入ってるだろ？　それを精錬すると、こうなるんだよ」

そう言って自分の腹に巻いてあるベルトのバックルを叩《たた》くアサカーさん。

そのバックルには綺麗な縞《しま》模様が入っていて、とても高価そうだった。

アサカーさんはその後もしばらく掘り続け——。

「よし、こんなもんかな？　おいイント、この籠を背負ってくれ」

「へい！　親方！」

地面に置かれた籠の肩紐《ひも》に腕を通し、一気に背負い上げる。

ポキン。

――ポキン？

「おんぎゃあああああ！」

腰があああ！

悲鳴をあげたその勢いで、鼻の奥の粘膜《ねんまく》が破れ、血が噴き出し、鼻腔《びこう》を通って目からも血が流れ出る。

「腰がああああ！」

アサカーさんが、半目でこちらを見ながら言う。

「俺も長年鍛冶屋をやってるが、鉱石籠を背負うだけで流血した奴は初めて見たな……」

「いやぁ、本当に死ぬかと思いましたよー、あっはっは」

頭を掻きながら笑う俺。腰はもう治っている。血も止まっている。

「お前、回復早いな！」

「いやぁ、自分、『健康』の加護があるみたいで。体は弱いけど、復活が早いんです。やっぱり健康が一番っすね！」

アサカーさんは呆れている。

「健康の無駄遣いの最たるものだな……」

「ありがとうございます！」

「褒《ほ》めてねぇよ！　それにしても籠一つ持てねぇとは……弱ったな」

ため息をつくアサカーさん。

困らせちゃったな。どうしよう……待てよ、余分な物を捨てれば、俺でも持てるんじゃないか？

俺は籠の中の野球ボール大の鉱石を一つ掴んだ。

「これ一つで、アサカーさんのベルトのバックルが何個くらいできるんすか？」

アサカーさんは鼻で笑いながらバックルを撫《な》でる。

「バッカお前ぇ、そんなサイズの鉱石じゃ、せいぜいコイン位くれぇの大きさのモン二、三枚が――」

チャリン……。

「いいとこ……ん？」

「あー、本当っすねぇ」

俺は縞模様の入ったコイン大のモノを地面から拾い上げた。

するとアサカーさんが俺からそれをむしりとった。

手にしたものを凝視しながら、口もとを震わせている。

「イント……お前ぇ、何やった？」

え？

「籠が重たいから、余分な物を捨てようかと。それで、鉱石からアサカーさんのバックルと同じ材質の物を抜き出してみました。あ……『錬成』っすねこれ。魔法って便利だなぁ」

目を見開いたアサカーさんが、いきなり俺の肩を掴んだ。

「おいイント！　これはウーツ鉱じゃねぇ！　ダマスカス鉱だ！」

あれ？

「あ……ごめんなさいアサカーさん！　俺、間違えちゃいました？　きちんとバックルを確認したつもりだったんだけどなあ……」

「いや、そうじゃねえ。こんな魔法、見たことねぇよ。普通は鉱石を精錬してウーツ鉱、ウーツ鉱をさらに精錬してダマスカス鉱なんだよ。お前はその精錬工程をすっ飛ばしやがったんだ」

ワナワナと肩を震わせながら、アサカーさんはそのダマスカス鉱を見つめている。

「ひょっとして、俺、お手柄《てがら》っすか？」

アサカーさんは俺の肩をバシバシ叩く。

「お手柄なんてもんじゃねぇ！　イント、お前スゲーよ！」

うわぁ、アサカーさんすっごい喜んでるー！

でも……もしかして、掘り出した鉱石からじゃなくて、鉱壁からじかにやったらもっと取れるんじゃないか？

試してみよう！

「アサカーさんアサカーさん！　見て見て！」

俺は坑道の壁に手を当て、そこから大人の脚サイズの、丸太型をしたダマスカス鉱をずるんと引き出した。

するとアサカーさんは飛び上がり――。

「ほぎゃあああああ！　何じゃそりゃああああああ！」


十分後。

「なぁイント、落ち着け、な？」

「アサカーさんこそ、落ち着いてくださいよ……」

俺はウォーターボールで額《ひたい》の血を洗い流しながら、そうボヤいた。

取り出したダマスカス鉱をほいっと渡すと、アサカーさんは取り乱した挙句《あげく》それを自分の足の指の上に落とし、悲鳴を上げながら俺のおでこに頭突きをかましたのだ。

ようやく落ち着いてきたらしいアサカーさんは、肩で息をしながら言った。

「なあ、イント、こりゃヤバいシロモンだ。かなりヤバい……これ一本で、とんでもない値段になるぞ」

……やっぱりまだ落ち着いていないみたいだ。

「ヤバいっすか？　じゃあ、こうしたらどうっすかね？」

俺は丸太状のダマスカス鉱を、リラックスしたクマさんの形に変えてみた。我ながら、かわいくできたと思う。

「おお、これならベッドに持っていっても安心だな、でかしたイント！　……って違ぇよ！　形状に悩んでんじゃねえんだよ！　材質そのものがヤバいんだよ！　存在自体がヤバいんだよ！　タダでさえヤバいのに、こんなにこんなにかわいくしちゃってどうすんだ！」

「アサカーさん、ノリツッコミですね？」

そう言ったら、顔を真っ赤にしたアサカーさんに殴られた。

どうしたものかと、ダマスカス鉱のリラックスなクマを含めた三人で輪になって座り、アイディアを出し合っていると――。

「おい……そのクマっぽいの、なんか動いてないか？」

アサカーさんがそんなことを言い出す。

「まさか～、目の錯覚《さっかく》っすよ」

見ると、クマも「ナイナイ」という感じで、顔の前で手を振っている。

「「動いてんじゃん！」」

俺とアサカーさんがハモると、クマも「アレ？」と首を傾《かし》げた。

どうやら、いつの間にかクマゴーレムにジョブチェンジしていたようだ。

しばらく考えてから、俺はふと思った。

クマのサイズを籠と同程度の大きさにすれば、俺の代わりに籠を背負えるんじゃないか？

よし、早速やってみよう！

俺は片方の籠の中身を一度取り出して、クマに中へ入ってもらい、ぬいぐるみくらいだったサイズを籠の大きさにまで引き上げる。

籠の中でパタパタと手を振るクマを見て、アサカーさんは耳まで赤くしながら「くっ！」と呻《うめ》いていた。

どうやらアサカーさんは、アメリカ最大の暴走族の総長みたいにヒゲもじゃで、格闘マンガの主人公みたいな太い腕をしていても、かわいいものには弱いらしい。

クマに籠の外へ出てもらい、代わりにさっきの中身を入れ直してから、俺は言った。

「できました。このサイズのクマなら重い鉱石籠も背負えるはずですので、俺の腰も安心です。税は、入り口で籠一つ分の金額を追加で払えばいいかと」

これで、もう「ポキン」しなくて済みそうだ。

「いやいや、イントよ、そうじゃねえ。お前の腰の問題じゃねえんだよ。このクマ一体の価値の問題なんだ。不純物のないダマスカス鉱だと……そうだな、こいつ一体で、卸値《おろしね》五～六百万はする。武具に打ち直すと一千万はくだらない。そいつを抜き身で持ち歩くのが危険なんだ。クマにしようが何にしようが、この縞模様を見ればわかる奴にはわかっちまうからな」

クマの頭を撫でながら、アサカーさんは呟く。

「じゃあこの派手な縞模様を何とかしちゃえば、単なるクマゴーレムってことで片づくんですか？」

アサカーさんはヒゲをジョリジョリいじっている。

「うーむ、まあそうだな。だが、無事に持ち帰っても、卸先があるかどうか。こんなでかいダマスカス鉱を一気に買い取ってくれる店なんて都会にしかないだろうし、買い取ってもらえたとしても、ブツの出所《でどころ》を詮索《せんさく》されるだろうな」

「詮索されると、何か不都合があるんですか？」

アサカーさんは一層声を潜《ひそ》めた。

「お前が使うような魔法は見たことも聞いたこともない。ウーツ鉱からダマスカス鉱への精錬方法は、あるにはあるが、秘密にされてな。とある素材屋が独占してるんだ。その秘密を守るために、裏で結構血なまぐさいこともやってるって話だ」

そうなのか。じゃあ……。

「えーと、アサカーさんが買い取ってくれません？　アサカーさんだったら、出所も知ってるわけだし、大事《おおごと》になりませんよね？」

眉根に皺《しわ》を寄せて唸《うな》るアサカーさん。

「確かに大事にはならねえが……買い取る元手がない。しがない町の鍛冶屋にゃ、キツイ量だな」

「半値でいいっすよ！　いや、二百でどうっすか？」

アサカーさんは目を剝く。

「そんな値段で卸していいシロモンじゃねぇ！」

「でも、命には替えられないし、一文なしの俺に寝床の世話まで申し出てくれたアサカーさんにだったら構わないっすよ。それに俺が持ってても路傍《ろぼう》の石コロと一緒です」

アサカーさんは少し感動したようで、しんみりと笑い、俺の肩に手を置いた。

「イント……お前ぇ……」

「アサカーさん……もし大儲けしたら、見返り忘れないでくださいね」

「台無しだよ！」

「じゃあ早速、このクマの縞模様をごまかしましょうか！」

「流すんじゃねえ！　……って、どうやってごまかすんだ？」

「とりあえず砂をかけて、表面だけ錬成前の鉱石っぽく見せます。家に着いたら、その砂を落としましょう！」

そう言って、俺はクマにバサバサと砂をかけ始めた。

「ね、こんな感じで」

クマは顔をかばいながら、ペッペッと砂を吐き出し、目をくしくしこすって嫌がっている。

それを見たアサカーさんが——。

「バカヤロウ、嫌がってんじゃねぇか！」

俺を殴りつけた。鼻血が出る。

「アサカーさん、落ち着いてください」

俺はウォーターボールで血を洗い流す。クマはアサカーさんの背中に隠れている。

「うむ……すまん、つい」

アサカーさんに謝られた。

「大丈夫です。それより、この辺に赤土みたいな粘土層ってありませんか？」

「粘土層か……この辺りにはねえな」

そうだよな、鉱山だからなあ。

この砂……粘土にならないかな？

砂をひとつかみ掬《すく》い、頭の中で赤土をイメージしてみる。

すると……砂がみるみる赤土に変質していく。

「できるもんすね」

「もう驚かねぇよ……」

できあがった赤土を、クマの体表に塗りつける。やっぱお腹の部分は白っぽくしたほうがいいよな……石灰《せっかい》を混ぜて白っぽくする。

うむ。

会心の出来《でき》だ！

「おおお……インント、お前の才能の中でこれが一番スゲーな」

「そんなこと言うと、家に着いてもインゴットに変形させませんよ？」

「すまん……」

ともかく準備はできたので、早速クマに籠を一つ背負わせ、坑道出口に向かう。もう一つの籠はアサカーさんが背負っている。

出口手前で、税務官二人がチェックのために近づいてきた。

「コイツは、ゴーレムか？」

クマの頭を撫でながら聞いてくる税務官。アサカーさん曰《いわ》く、ゴーレム自体はそこまで珍しいものではないらしい。ただ普通ゴーレムといえば、土人形を魔法で操作する程度であって、このクマみたいに自分で好き勝手に動くというのは考えられないそうだ。

税務官は、俺がクマを操作して歩かせていると思ってるんだろう。

「はい、籠一つ分の鉱石を材料に、ゴーレムを作って、運搬《うんぱん》を手伝わせてます。なにぶん、僕が非力《ひりき》なもので」

俺が答える。

アサカーさんはソワソワと落ち着かない。悪いことのできない人なんだなぁ。

「お、俺の籠と、ゴーレムの背負ってる籠と、あとゴーレム本体で、籠三つ分の税を払う。それでいいか？」

アサカーさんが税務官に向かって言う。税務官は少し考えたあと、ぽん、と手を叩いた。

「おお、なるほど、そういうことか！　掘り出した鉱石で作ったゴーレムに背負わせりゃ、相棒が非力でも籠三つ運べるってわけだな？　アサカー」

「はは……そうみたいで」

なんかアサカーさんの乾いた笑いが気になるが、無事に税を納め、俺達は坑道を出た。出口のところでクマが振り返ってパタパタと手を振ると、税務官二人はデレッと笑い、手を振り返していた。

「上手くいきましたね」

「俺の家に着くまで気を抜かんでくれよ。どうにも、足もとがふわふわして落ち着かん」

アサカーさん、顔に似合わず、案外メンタルが弱いらしい。

前を歩くアサカーさんの服の裾《すそ》を、クマがチョイチョイと引っ張る。

アサカーさんは俺に向かって「何だ？」と聞くが、俺は「俺じゃないっすよ？」と首を振り、クマを指差す。

するとクマがアサカーさんに手を差し出した。

「手を繋いでほしいんじゃないっすか？」

「バ、バカ言ってんじゃねぇ！」

顔を赤くして狼狽《うろた》えるアサカーさん。

「いや、俺が言ってるわけじゃないっすよ」

アサカーさんはクマを見つめる。クマも、負けじとアサカーさんを見つめ返す。

アサカーさんは……呆気《あっけ》なく陥落《かんらく》した。

耳まで真っ赤にして言う。

「くっ！　町の入り口までだぞ！」

いかついおじさんとクマ……まるで親子のようだ。

軽く疎外《そがい》感を覚えたので――。

「アサカーさん、俺も手を繋いでいいっすか？」

そう尋ねたら、また殴られた。

3　エンガル！　呪！　ボインボイン！

山を下り、麓を流れる大きな川に架《か》かる橋を渡って――エンガルの町に着いた。

意外と栄えている感じがする。

アサカーさんによると、この町は「アサヒカウ王国」に属するそうだが、王都から離れていて辺境という位置づけらしい。隣国のアバスリ国、タンノ国との国境近くにあるとのことで、町には王国騎士団が駐屯《ちゅうとん》しているという。

でも隣国との戦争はもう何百年もやっていないみたいで、騎士団も「一応」配備されているだけなのだとか。

それでも軍隊には変わりなく、軍の駐屯地がある町にはお決まりの歓楽街《かんらくがい》が、このエンガルにもあるらしい。その辺りは、前世の日本の事情と同じかな。俺の住んでいた町もそうだったもんな。

そんな歓楽街に通じる商店街の片隅で、「アサカー鍛冶屋」は営業していた。店を覗かせてもらったけど、剣や盾《たて》から、フライパンやスコップまで、多岐《たき》にわたる品揃えだった。

とはいっても、大自然に囲まれた辺境の町だから獣やモンスターも出没するらしく、そういった危険生物駆除《くじょ》の専門家「ハンター」向けの武器や防具がメインのお店だそうだ。

店の裏手にあるアサカーさんの住居兼鍛冶精錬所の、さらに奥にある物置小屋を「自分で片づけるなら家賃無料で貸してやる」とアサカーさんは言った。

ただし、あくまで俺が自立するまで。

自立支援付き、ニートお断り物件というわけだ。

さて、俺とアサカーさんは店を出たあと、クマをインゴットに変えるために精錬所に向かった。

「さあクマくん、表面の土を剥《は》がすから、くるっと回ってー！」

そう命令を出すとクマは、ごろりとでんぐり返しをしやがった。

アサカーさんはそれを見て、デレデレにとろけている。

あざといクマだ……。

俺は問答無用で変性魔法を使い、表面の土を落として、縞模様のクマに戻した。

「それじゃあアサカーさん、インゴットにしちゃいますよ？　いいですか？」

「お、おう！　ひと思いにやってくれ！」

クマから顔を背《そむ》けるアサカーさん。そんなにクマが気に入ったのか……よし、せめてアサカーさんの思い出に残る演出をしてあげなきゃな！

「変性！」

俺がそう唱えると、クマの表皮がグズグズと崩れ始めた。立っていたクマは四《よ》つん這《ば》いになり、小刻みに震えながら頭をこちらに向ける。

縞模様の肉片をボトボト零《こぼ》しながら、クマは手を床に何度も叩きつけた。頭の肉片がすべて落ちると、残った頭蓋骨《ずがいこつ》の額に彫《ほ》り込まれた「呪」の文字がうっすら緑色に輝く。そしてその頭蓋骨もバラバラと砕け、地面に落ちた。

床の肉片と骨片がまるで生き物のように寄り合わさって、四角いインゴットを形づくっていき、最終的にそれが六つ――整然と三段に積み重なった。

アサカーさんは、目に涙をためて言った。

「てめえええイント！　ワザとだな？　ワザとだろ！　夢に見ちゃうだろうが！　なんてことしやがんだ！」

「やだなぁ、アサカーさんの思い出に残るように演出しただけですよぅ」

「思い出どころか、完全にトラウマだよ！　心的外傷後ストレス障害だよ！」

「そんなことはさておき、アサカーさん、ダマスカス鉱のインゴットですよ！」

「そんなこと呼ばわりかよ！」

そう言いつつ、職人の意地なのか、悲しい別れをしたばかりなのにアサカーさんはインゴットを一つ手に取って調べ始めた。

「これはすごいな……世の中に金属と名のつく物質は数あれど、俺はダマスカス鉱が一番好きなんだ」

すっかり職人の目付きになったアサカーさんは、壁に掛けられた鍛冶仕事の予定表らしきものを見ながら、予定を調整し始めた。このダマスカス鉱の加工を優先したいのだろう。

そして、俺に向き直って言った。

「すまなかったな、イント。つい夢中になっちまった。そろそろ飯でも食うか？」

転生してから初めてベビーサラミ以外の食い物が食べられると思い、俺は何度も頷いた。

◇◇◇

アサカーさんに連れられて商店街の通りに出た。並びの総菜屋で、安くて量が多い、店一押しのご馳走《ちそう》を山ほど買い込み、それから近くの酒屋に行って大量の酒を入手した。

家に戻ってきて、アサカーさんの住まいの居間で早速飲み食いを始める。

酒を飲み、何の肉かわからないが、味が濃いために酒が進むロースト肉を頬張《ほおば》り、また酒を飲んでは大笑いした。

ひとしきり馬鹿話で盛り上がったあと――アサカーさんが、笑いながらとんでもないことを言い出した。

「やい！　イント！　お前ぇ、俺の娘と結婚しねぇか？　三人いるが、好きなだけ持ってけ！　三人とも嫁にしてもらうのが一番いい！　お前ぇの魔法があれば、一生食いっぱぐれるこたぁねえだろう！　どうだ？」

「えー……何ですか急に。どうせ、なんかオチがあるんでしょう？　スゲーぶっさいくとか、ヒゲが濃いとか、五十過ぎのおばさんだとか……」

「ばっか！　うちの娘達は近所でも美人だって評判なんだぞ！　去年の祭りでも、ミスエンガルに三人揃って選ばれたんだ！　ほれ、そこの戸棚にトロフィーあるだろ？　年は三人ともお前ぇより上の二十一だ。どうだ？　悪い話じゃねえだろ？」

うむむ……一つ年上のミスコンクイーンの姉さん女房か！　しかも三人！　って、三つ子？　これは……ハーレムですか？　でも俺、二十歳で結婚は、ちょっと早い？　とはいえ中身は四十五歳だし……どうする俺！

「……ちょっと考えさせてくださいよー」

「俺の娘をもらえないってのか？　ああ？」

「実の娘を、そんな発泡酒みたいに無理に勧《すす》めないでくださいよ。娘さん方《がた》のご意向もあるでしょうし、今ここで決めることでもないでしょう？」

怪しい、怪しすぎる。

何で言質《げんち》を取りたがるんだ？　どうもアサカーさんは焦《あせ》っているように見える。

ここは慎重にいったほうがよさそうだな！

「早いもん勝ちだぞ！　もたもたしてっと売れちまうからな！　お前ぇは頷くだけでいいんだ！

ボインボインの、ボンキュボンだぞ！」

「ボ……ボインボインの、ボンキュボンすか？」

ボインボインのお姉様かあ……でふぇふぇ。

よくわからない魔法のおかげで、勝ち組人生まっしぐら！　ハーレム関係は前世の小説サイトで予習済みだし、このまま結婚しちゃってもいいかも？　昼は「アサカー鍛冶屋二号店、店長イント」！　夜はボインボインボイン三姉妹にデレデレに甘やかされて、ウハウハ、ボンキュボン！

そんなことを考えていると、店の外で、突然トラックでも衝突《しょうとつ》したかのような音と地響きが轟《とどろ》いた。

「うわぁ！　何の音ですかアサカーさん！　モンスターの群れの襲来ですか!?」

その時、アサカーさんが「チッ！」と舌打ちしながら「まだ早い……」と小声で呟いたのを俺は確かに聞いた。

アサカーさん、絶対何か隠してる！

そう確信した時、家のドアが開いた音がして、廊下から女の子の大音声《だいおんじょう》が——。

「オヤジぃ！　帰ったぞー！　今日は大猪仕留めてきたぁ！　現地で血抜きして〆《しめ》て、担《かつ》いできたから、疲れたー！」

バタバタと駆ける足音とともに、俺達の酒盛り会場に乱入してきたのは——三人の娘さん達だった。

見た目が、十歳くらいの……。

◇◇◇

「あの……アサカーさん？」

そう尋ねる俺から、アサカーさんはまるでゴールキーパーのような体勢で、三人の娘さん達を背中に隠している。

「あー……お前達」

困ったような顔をして、アサカーさんが後ろに顔を向けた。

「ちょっとお父さん、邪魔よ？　何こいつ、借金取り？　首切り落とそうか？」

目付きは鋭いが、顔立ちの整った黒髪の子が俺を睨《にら》んで言う。

「じゃあ、あたしまた穴掘るよー。この人埋めるための」

金髪の癖っ毛で、おっとりした感じの子が手を挙げた。

「首を切り落としたりしたら、床が汚れるだろ？　オレがポキンと首の骨を折ってやるよ」

赤色のショートヘアーで、将来美人になりそうではあるけど筋肉で人生を失敗しそうな感じの子が身を乗り出す。

「おい！　お前らコイツはな、イントって名で、おそらく大魔導士だ。記憶を無くしてるみたいだが、いいハンターになりそうだから拾ってきたんだ！　今日、俺はイントの魔法のお蔭《かげ》で一千万ほどの利益を得た！　だから、な？　お前ら！　な？」

娘達に向き直り、アサカーさんは小声で俺に聞こえないように呟いた――「た・ま・の・こ・し」。

……聞こえてますよ。

「ああ？　オヤジ、何だって？　タマノコシって何――」

赤毛の子がそこまで言った時、目にも留《と》まらぬスピードで彼女の背中に黒髪の子が回り込んだ。そして顎《あご》先に剣の柄部分を掠《かす》めるように振り抜き、赤毛の子の意識を奪った。直後に金髪の子が、その場に崩れ落ちる赤毛の子の膝裏に足払いをかけ、軽々と肩に担ぐ……すごいコンビネーションだ。

「オホホホ、失礼いたしました、お客様。今年のミスコンの審査の一つである、演劇の練習に熱が入っちゃって。役が降りてくるって、こういうことですのね？　グレない天女の演目は難しいですわ。オホホホ。今すぐ着替えて、お客様のお給仕をいたしますので、この場は失礼させていただきますわね。さあ！　行くわよ！　マヤ！」

黒髪の子はそうまくし立てると、奥の階段を足早に上がっていった。

金髪の子は、赤毛の子を担いだまま「マヤって誰ぇ？」と言って、それに続いた。

居間には俺とアサカーさんだけが残った。

「あの……アサカーさん……」

「何も言うなイント……俺の娘達の一世一代の晴れ姿！　とくと見てやってくれ……」

しばらくの間、ドタバタと慌てているような物音が二階から聞こえたかと思うと――。

「逃がさないわよー！」

「おー！」

そんな、ときの声が上がった。

そして二階から下りてきた三人は、それぞれ煌《きら》びやかに着飾っていた。

あぁ、何だろう？　見たことあるなあ、この三人みたいな様子……何だったっけな？

ああ！　そうだ！

田舎《いなか》のおばあちゃんの家で、食器棚《だな》にずらりと並んだ、装飾華美なお手製衣装を着せられたマヨネーズメーカーのマスコットだ！

そんな人達が、俺の周囲をチョロチョロと走りながら甲斐甲斐《かいがい》しく給仕してくれる。

「あの、お構いなく……手酌《てじゃく》でいけますんで」

「「「遠慮なさらず」」」

三人同時に、俺のジョッキに酒を注いできた。「さあ！　さあ！」と、目をギラギラさせながら酒を飲ませようとしてくる。

「アサカーさん？」

「何だ？　イント」

アサカーさんは目を合わせない。

「アサカーさん？」

「……何だ？」

もう無理……ずっと言いたかったこと、言っちゃいます。

「チビッコじゃないっすかあ！　全然ボンキュボンと違うじゃないっすかあ！　クマゴーレムと後ろ姿が一緒じゃないっすかあ！」

その時、勝手口のドアがノックされ、ドアが開いた。

入ってきたのは、身長二メートル近くある筋肉の塊《かたまり》のような男だった。

「アサカーさん、外の、血まみれの大猪なんだけどさ、ちょっとどうにかしてくれよ。デカすぎて俺じゃどかせない。流れ出てる血に虫が集まってくるし、前を通る子供達は泣き出すし、年寄り連中は腰抜かすし……悪いけど、すぐ移動してくれないかな？」

チッ！　という舌打ちが聞こえたかと思うと、黒髪の子が素早い動きで大男の肩口に移動し、次の瞬間、手で男の両耳を叩いた。内耳《ないじ》を揺らされ平衡感覚が狂ったのか、大男は床に膝をつく。

刹那《せつな》、赤毛の子が地響きのするようなボディブローを入れ、たまらずお腹を抱え込んだ大男の太い首を、今度は金髪の子が捻りを入れたチョークスリーパーで絞《し》める。

頸動脈《けいどうみゃく》をキッチリ圧迫された大男は、「キュ……」とかわいい悲鳴を漏《も》らして白目を剥いた。

動かなくなった獲物を蟻《あり》が巣穴に運び込むかのように、三人は大男を勝手口のドアの外に運び出す。

それから無言で戻ってきて、再び俺に酒を勧めた。

俺……ここで殺されるかもしれない。

でも……。

「アサカーさん、幼女は……勘弁《かんべん》してください……」

震える声で俺が訴《うった》えると、黒髪の子が――。

「失礼ねぇ、幼女じゃないわよ！　キチンと成人してるわ。ドワーフ族って見た目がこうなのよ、もともと」

え？

成人してる？

「大人なんですか？　てっきり、十歳くらいかと……」

「ドワーフの男は十歳過ぎたらヒゲボーボー、女の子は、そこでほとんど見た目の成長が止まるのよ。だから最近の風潮なんだけど、ドワーフの女は嫁《い》き遅れが多くてね。『イエスドワーフ　ノータッチ』って言葉ができるくらいよ」

黒髪の子の口調が、急にフランクになった。

「失礼ですけど、二十一歳っていうのは本当ですか？」

俺が聞くと、黒髪の子はこくりと頷いた。

「本当よ。……ああ、自己紹介がまだだったわね。私はデックス、長女よ」

続いて、金髪の子が身を乗り出す。

「あたしはぁ、ヴィータ。次女でーす」

赤毛の子もさらに身を乗り出した。

「俺、いや、アタイはエステア！」

本当に二十一歳なのかあ？　ちょっと、ステータス見てみちゃおうかな？

初めて使うけど、鑑定スキルでこそっと覗いてみるか。

俺は黒髪の子に向けて「鑑定」を声に出さず念じてみた。

ステータス画面が現れる。口に出して詠唱《えいしょう》しなくても使えるっぽいな。他の魔法もそうなのか？

にしても、この画面は俺にしか見えないみたいだ。

さて、ステータスのほうは――。

【名前】　デックス
【年齢】　22
【職業】　ハンター
【STR】　30

【VIT】 42
【DEX】 150
【INT】 31
【CHA】 7
【魔法】 生活魔法
【スキル】 隠密・気配察知・瞬歩
【加護】 機敏

わかりやすいステータスっていうか……名は体を表すっていうか。DEXね。

つーか……。

「アサカーさん！　娘さん、二十二歳ってなってますけど？　微妙なサバ読まないでくださいよ！　どこまで必死なんすか！」

驚くアサカーさんの代わりに、黒髪の子が言った。

「あなた……もしかして覗き持ちなの？」

覗き持ち？

「えーと、鑑定スキル持ちってことですか？」

「鑑定っていうか、たまにいるのよ、人やモンスターの状態を覗き見できる人が。狩りの時にはすごく役立つわね。でも個人情報が丸々覗かれちゃうわけだから、嫌がる人も多いわ。ちなみに勝手に他人の情報を見るのはマナー違反よ。夫婦なら別だけど。あ……責任取ってもらわなきゃ……お父さん今まで育ててくれてありがとう、デックスは、今日、お嫁に行きます」

淀《よど》みなくそう言ってから、アサカーさんに向かい、三《み》つ指《ゆび》を突いて額《ぬか》ずいた。

「デックス、幸せになれよ」

目頭を押さえるアサカーさん。

「ちょちょ……何言ってんすか、そんなこと知らなかったんですから勘弁してくださいよ」

俺はアサカーさんにすがりつく。

「あははは、そんなのむかーしの話だぜ。今どき、そんなマナーあるわけないじゃん」

赤毛の子が笑って俺の肩を叩いた。

「古い言い伝えみたいなもんだ、アタイは気にしないぜ。確かに勝手に見るのは褒められたことじゃないけどな、相手に許可をもらえばいいだけだろ？　アタイのは、見てもいいぜ」

赤毛ちゃん！　ナイスフォロー！

「あたしも気にしないよー。それほど困ることでもないし、見てもいいよん。自己紹介する必要がなくて便利じゃない」

金髪の子も微笑《ほほえ》む。

じゃあ、お言葉に甘えて……ちょっと二人のを見てみるか。
まずは赤毛の子から。

【名前】　エステア
【年齢】　２２
【職業】　ハンター
【ＳＴＲ】　１５０
【ＶＩＴ】　６２
【ＤＥＸ】　４０
【ＩＮＴ】　２５
【ＣＨＡ】　７
【魔法】　生活魔法
【スキル】　体術・威圧・虚実
【加護】　力

なるほど、ＳＴＲでエステアね。わかりやすいっす……。
えーと、金髪の子はどうかな？

【名前】　ヴィータ
【年齢】　２２
【職業】　ハンター
【ＳＴＲ】　５０
【ＶＩＴ】　１６０
【ＤＥＸ】　２０
【ＩＮＴ】　４３
【ＣＨＡ】　７
【魔法】　生活魔法
【スキル】　頑丈・硬化・挑発
【加護】　体力

うーん、体力が命の、皆の盾って感じか。

「どうだい、見たかい？」

赤毛の子――エステアが聞いてきた。

「はい。お三方《さんかた》とも、二十二歳なんですね……」

エステアと、金髪のヴィータが顔を見合わせて笑った。

そして二人はアサカーさんに三つ指を突く。

「『お父さん……以下略』」

「うむ、幸せになれよ」

また目頭を押さえるアサカーさん。

「ちょっとおおお！　さっき『気にしない』って言ったじゃないっすか！」

「結婚するのは気にしない、ってことだよ」

「そだねぇ」

エステアとヴィータは頷き合う。

「そ、そんなのずるいですよ！　なんでそこまで必死なんすか！」

すると三人娘はこちらを睨み……ボヤいた。

「だって、この見た目のせいで男は寄ってこないし」

「幼なじみは、さっさと結婚しちゃうしー」

「この見た目は、損すぎるよな」

えーと。

「……原因は、見た目だけっすか？」

「「見た目だけ！」」

そうなのか？　さっき見せた暗殺チームみたいな動きはどうなんだ？

「とにかく俺は、この国、というか世界の常識とかまったく知らないし、無職だし、皆さんをお嫁さんにもらっても責任がとれないっすよ」

「職なら大丈夫だよ、明日ハンターギルドに登録に行こうぜ！」

エステアが張り切っている。

「嫌っすよ……ハンターなんかになって、モンスターと鉢合《はち》わせたりしたら、瞬殺ですよ俺」

アサカーさんが笑い出した。

「そうだ、コイツ鉱石籠一つ持てないんだよ」

エステアが目をしばたたいて俺を見る。

「何だよ、鉱石籠も背負えないのかよ……ダメだコイツ」

俺に対する興味を失ったようだ。

他の二人もため息をついている。

お、諦めてくれたのかな？

だが、アサカーさんだけは別みたいで――。

「ま、まあ、それでもハンター登録はしといていいんじゃないか？　登録しとけば、今後身元を証明したりする時に便利だからな。お、お前ら、明日ギルドに連れてってやれよ」

やたらとまごつきながら、そんなことを言う。

「「「はーい」」」

三人の返事のテンションはあからさまに低い。

「ギルドでハンター登録したら、身分証とかもらえるんすか？　定番のハンター証とかですかね？　Fクラスから始まって、最上級はSクラスでどうのこうのとか」

急にワクワクしてきて、身を乗り出してそんなことを聞いたのだが。

「お前ぇ、やたら詳しいな？　本当に記憶飛ばしてんのか？」

アサカーさんが目を細めて俺を見る。

……いや、名前を思い出せないだけで、別に記憶がないわけじゃないんだけど。まあいっか、記憶喪失、という設定のままでいこう。

黙っている俺を不憫《ふびん》に思ったのか、アサカーさんは「……ま、ギルドってのは大体そんな感じだ。色々と便利なんだよ、色んな人が」と記憶の件は流してくれた。

「なるほど、色んな人が便利なんすね？　でも、ギルドで荒くれ者に絡まれたりしないんですか？」

ギルド受付カウンターでの暴力イベントとかも定番中の定番だろうけど……俺には無理だ。

「ああ、それは大丈夫だ」

アサカーさんは、いつの間にか普段着に着替えた三人娘を目で示しながら言った。

三人はそれぞれ、酒の入ったカップを手に持っている。それにしても、いつ着替えたんだ？

「それでは、これから反省会を行《おこな》います。まず、エステア！　あんた、空気の読み方下手《へた》すぎ！　お父さんがあれだけいいパスを出したんだから、キチンと返しなさいよ」

「デックスだって、諦めが早すぎじゃねーかよ！　それに、いいパスったって、鉱石篭も持てない奴なんか連れてこられてもよ。なあ、ヴィータ？」

「そうよね、いくらなんでもそれはねぇ」

俺の目の前で、合コンの反省会を始めやがった。

「あのーアサカーさん……それじゃあ、そろそろ寝ますね俺」

「お、おう、早いな？　もうちょっと飲まないか？」

アサカーさんはすがるような目でこちらを見るが。

「今日は色々とありましたし、明日に備えて寝ますよ」

「……わかった。物置には布団《ふとん》があるから、自由に使っていいぞ」

「はい。おやすみなさい」

家を出ると、中からアサカーさんを糾弾《きゅうだん》する三人娘の声が聞こえてきた。

聞こえないフリをして、物置に向かう。

途中、暗闇の中、軽トラサイズの大猪が横たわっていた。ああこれかあ、さっきあの大男が言ってたのは。一応、敷地内に置いてあるみたいだけど、目立つなあ。

俺に動かすことはできないけど……とりあえず石壁みたいなもので囲っておくか。これから、商店街の皆さんとはご近所さんになるわけだし。

よいしょ。土魔法で、簡素な囲いを造った。

そして物置に入る。

シンプルな木造の小屋だ。

というか……ちょっと内装ボロいなあ。

漆喰《しっくい》とかコンクリートなんかを表面に打ったら、少しは綺麗《きれい》になるかな？　……薄くコンクリ打ってみるか。

どんどん錬成していく。

うーん、窓も欲しいなあ。

この辺に穴を開けて、あ……でもガラスがないか。ガラスって、どうやって作るんだ？　原料は石英《せきえい》とかテクタイトだっけ？　そういうのも魔法で錬成できるのかな？

ガラスをイメージして、土を錬成してみる。

できた！

でも、なんか透明度の低いガラスだなぁ。まあ、こんなんでも、明かりとり程度にはなるかな？

ゴチョゴチョ改装をしていると、段々夢中になっていく。

む、いかん、眠れなくなりそうだ……この辺でやめにしておくか。

物置の隅から布団を引っ張り出してきて中央の床に敷き、ごろんと仰向《あおむ》けになった。

明日も忙しくなりそうだなあ……天井を眺めながらそんなことを思っていると、酒の助けもあって、意識がスコンと落ちた。

◇◇◇

づどん！

突然の地響きに驚いて目が覚めたが——呼吸ができない。

口内に鉄サビの味が充満して……おそらく血だ。

……何が起きた？

差し込む陽の光でほんのり明るい部屋を見渡していると、徐々に意識が覚醒《かくせい》してくる。体の上には、無機質な物体が乗っかっていた。

崩落か？　天井の部材が落ちてきたのか？

重たい……。

このままじゃ……死ぬ……。

「あー本当だ、こいつ、鉱石籠に潰されて死にかけてんぞ？」

のんきな口調の女の子の声が耳に入ってきた。

「ちょっとエステア、何してんのよ？　イント、ご飯よ？」

ため息をつきながら、デックスが俺の体の上の鉱石籠らしき物をひょいとどかしてくれた。呼吸が蘇《よみがえ》る。

ほっとした俺の顔を覗き込んできたのは、ヴィータだ。

「おはようイント。エステアねー、あなたが鉱石籠で流血したってお父さんが言うのが信じられなくて、確かめたかったんだって」

……俺は、あの筋肉娘の知的好奇心を満たすために朝から殺されかけたらしい。

「おはようございます、皆さん。今日もいい天気ですね」

でも抗議はしません、怖いし……。

さあ、表に出て顔を洗うか。口から少し出た血を洗い流すために……。

物置の前で、ウォーターボールを使って顔を洗う。

なんか俺、ウォーターボールはほとんど血を流すのにしか使っていない気がする。

「ちょっとイント、水出せるんだったら、瓶《かめ》に水汲《く》んでもらえる？」

デックスが水瓶を指差す。

「いいっすよー。……これ、注ぎ口が狭いっすね」

ウォーターボールを小さく圧縮して、瓶にポイッと放り込む。

「終わりっす」

「えー満タンにしてよー、魔法なんだから簡単でしょ？」

デックスが抗議する。

「満タンです、覗いてみてくださいよ？」

デックスが水瓶を覗いて──感嘆《かんたん》の声を上げた。

「あら！　あんな小さいボール一つでこの大きな瓶を満たせるのね？　魔力操作で小さくしてるの？　変わった魔法ね」

◇◇◇

三人娘と一緒に住居の居間に行くと、テーブルの上に昨日の宴会の残り物とパンとスープが用意してあった。

アサカーさんはいないみたいだ。

「あれ？　アサカーさんは食べないんですか？」

「なんか親父、朝から鍛冶場にこもっちゃってるぜ？　イントのお陰でダマスカス鉱が手に入ったんだろ？　ああなったら周りが見えないからな」

きししと笑いながら、エステアはパンにかじりついた。

「なんかー、イントに借金もしてるみたいだしねー」

ヴィータもコロコロと笑いながらスープを啜《すす》る。

「あ、そうそう、お父さんから当座のお金預かってるわ。とりあえず、十万もあれば足りるかしら？」

デックスが革袋を渡してくる。

「まぁ、お金使う予定もないんすけどね」

俺は革袋をポケットにしまった。

「あら、今日はお金使うわよ？　ギルドでハンター登録もするし、服も買うからね。あなた、それしか服持ってないんでしょ？　武器と防具は、うちで見繕《みつくろ》うとして……」

デックスは顎に指を当てて考え始める。

「あと、家財道具も必要よねえ？　……ああ、そういえば物置の内装がずいぶん変わってたけど、あれも魔法でやったの？」

俺が答えようとすると――。

「そうそう、大猪も外から見えないように囲いを造ってくれたんだな？　ありがとよ。解体する時もよく近所から文句言われるんだけど、これからはあの囲いの中でやりゃ平気だな。いい作業場ができたよ」

エステアが話に割り込んでくる。

つうかこの子、商店街の店先で大猪の解体やってるのか？　……よくシャッター商店街にならないもんだ。

「あの程度なら、ちょちょいっとできますよ？　もっと使い勝手のいいように造り直しましょうか？　場所も移せますし」

「おおお！　イント偉い！　あとで頼むぜ！　さすが旦那様だ！」

エステアは興奮している。

「いや……『旦那様』はナシの方向でお願いします」

「えー、あたし達の純情をもてあそんだあ……イントひどいー」

ヴィータがぶつぶつ文句を言うが、子供はムリっす……。

ここは、話題を逸《そ》らすか。

「そういえば、ハンター登録って何やるんですか？　試験官との試合なんてありませんよね？」

定番だけどね、試験官との対決。

「もちろんあるぞ！　それでランク決めるんだよ。楽しみだなあ」

エステアが目を輝かせる。

「あ、ハンター登録も、ナシの方向でお願いします」

パンをちぎって投げつけてくるエステア。

「どこまでヘタレなんだよイント。男を見せろよ」

「見せるほど立派な男は持ってないっす」

「あら、卑猥《ひわい》」

デックスが笑う。

「とにかくだ、ハンター登録は決定事項だかんな！」

えー……もっとお気楽に異世界生活をエンジョイしたかったのになあ。なんか、ツッコミ担当のアサカーさんもいないから会話もいまひとつだし……。

早急になんとかしないと……色々と困ったことになりそうだ。

◇◇◇

広々とした建物の中。

えーと、ここが、ハンターギルドらしいです。

さっき食事のあと、背後に不穏《ふおん》な気配を感じたと思ったら、首もとをキュッと絞められて——気づいたらここにいました。

何らかの強制力が働いたと思われます。

で、今、何をしているかというと……建物の中で筋肉男達に囲まれて、マジでガン泣き五秒前って状態になってます。

彼らの理屈では、ヒョロイ男がギルドに足を踏み入れる時点で、すでに許せないらしいです。

「おい、本当に金持ってねえのか、ああ？」

目の前の筋肉の一人が、俺の頭をわし掴みにしてブリブリと振る。やめてくださいコンビニの食《しょく》玩《がん》売り場の子供みたいな真似は……。

「お前、ちょっと飛んでみろ」

はい、懐かしいセリフいただきました。

「喜んで！」

ありったけの力で反復横跳びを始める。

「そうじゃねえよ！」

ああ、久しぶりのツッコミいただきました。

「こうですか？」

壁に立てかけてあるホウキに跨《また》がると……。

「それで飛べたら、手荷物配達頼むわ！　って違ぇよ！　跳ねてみろって言ってんだ！」

ああ、打てば響く……アサカーさんが懐かしい。

「めんどくせーなコイツ。軽くボコって表《おもて》に捨ててこいや。『手数料』もらうのを忘れんなよ？」

彼らの中でも一際《ひときわ》でかい男が飽《あ》きたらしく、仲間に俺の放流指示を出した。

「えーと……手数料っすか？　宛名《あてな》『イント』で領収書いただけます？」

「めんどくせーな。印紙もいるか？　……って、経費で落とすのかよ！」

ちょっと楽しくなってきた。

その時、後ろのほうから素人《しろうと》でもわかる殺気が漂《ただよ》ってきてギルド内に満ちた。

「おいお前ら、うちの客人に何絡《から》んでんだ？」

筋肉の壁を押しのけて、エステアが前に出てきた。

「鍛冶屋の、客人っすか？　……おい！　てめえら！　その男を放せ！」

エステアは一際でかい筋肉ダルマの頭髪をむんずと掴み、ブリブリと振り始めた。

「やめてぇぇぇぇ！」

エステアは筋肉ダルマが白目を剥くまで振り回したあと、その頭を足で押さえつけ、掴んだままの頭髪をゆっくりぶちぶちと引っこ抜いた。

「次」

エステアが周りを見回す。筋肉達は、俯《うつむ》いたまま動かない。

「次！」

もう一度エステアが怒鳴りつけると、筋肉達は四つん這いになって彼女の前に一列に並ぶ。

ぶちぶちぶち……。

「ひぎゃあああああああ！」

数人の悲鳴が響き渡ったあと――。

「エステア、そろそろやめなさい」

受付のお姉さんが、頬杖《ほおづえ》をついて何かの書類に目を通しながら、エステアに言った。

うわぁ、美人さんだあ。

筋肉達は天使を見るような目で受付のお姉さんを見た。

「だってよう、コイツら、うちの客人に因縁《いんねん》つけたんだぜ？」

「あとで床掃除するのは誰だと思ってんのよ？　汚い毛が散らかるから、外行ってやれってのよ」

筋肉達は、また絶望の淵《ふち》に落とされた。

「しょうがねーな。おい、お前ら床掃除しな。あとで一人一人床を舐《な》めさせるから、手ェ抜くなよ？」

筋肉達は四つん這いのまま、手で床掃除を始める。

けっこう楽しかったのに……エステアが登場しただけで、地獄絵図に様変わりした。

普通、ロリの三姉妹の一人が物語に出てきたら場が華《はな》やぐものじゃないのか？　なんでここまで凄惨《せいさん》でバイオレンスな雰囲気になるんだ？

筋肉ムキムキのおっさん達のほうが場を和《なご》ませるって……おかしいだろ。

◇◇◇

さて、そんなこんなで、面接だ。

さっきの美人受付係さんがやってくれるらしい。アサカー鍛冶店関係者は恐れられていて誰も担当したがらないというわけではない、となぜか事前に説明された。

「えーと、私の名前はナナといいます。よろしくね、イントさん」

「よろしくお願いします、ナナさん」

「あの、イントさん？　なんでそんなにこちらを凝視《ぎょうし》なさってるんですか？　普通にしてください、普通に」

「あまりに美人なんで、しっかり見て覚えて帰ろうかと思いまして」

「あー、そうですか。覚えて帰っても、変なことに使わないでくださいね」

「はい！　極力がんばります！」

「それでは面接を始めます。まずはギルドの説明から――」

ギルドについてのあれこれをナナさんが説明し始めたが、唇《くちびる》の動きと、書類をめくる際にぷるんと揺れる胸に夢中で、ほとんど聞いていなかった。まあ、ギルドランクがどうのこうのっていうテンプレートな話だったと思う。

「――以上が、ギルドの説明です。聞いてなかったですね？」

「はい！　集中力を別の方向に注いでました！」

「何に集中していたかは聞かないけど、せめて聞いてるフリはしといてね？」

「がんばります！」

「で、イントさんのプロフィールなんだけど、戦闘方法は……『魔法』でいいのかしら？」

「はい。僕、魔法の操作が人と比べて変わってるらしいです」

「へえ、どんな感じに？」

「そうですね、小さくしたり大きくしたり、硬くしたり柔らかくしたり、入れたり出したり、飛ばしたりと、色々です」

「えーと……それがセクハラの類じゃないなら、要領をまったく得ないので実際に見せてもらえる？」

俺はその場でウォーターボールを出して、大きくしたり小さくしたりしてみせた。

「無詠唱もできるようになったんですよ。あと、血を洗い流す時も綺麗に落ちるようになってきた気がします！」

手もとの書類にさらさらとペンを走らせながら、ナナさんは微笑む。

「確かに変わってるわね。それで、どんな利点があるの？」

「はい！　注ぎ口の小さい水瓶に水を入れやすいです！」

「あら、よかったわねぇ」

へへへ、褒められちっった。

「ありがとうございます！　あとは、アースボールでも同じことができます！」

「大きくしたり小さくしたり？」

「はい！　それに土魔法だけは、複数出せます！」

「ふーん、で、利点は？」

「はい！　注ぎ口の小さい水瓶に土を詰め込むことができます！」

「あら素敵ね、他人の家でやってもらうぶんには、楽しいジョークになるわね」

「ありがとうございます！」

書類の記入をひとしきり終えると、ナナさんは言った。

「それじゃあ、このまま外の演習場に移動しましょうね。軽く運動してもらうから」

「はーい」

夢見心地でナナさんのお尻について演習場に向かう。

建物の裏口から外に出て少し歩くと、演習場に着いた。学校の校庭のような開けた場所だ。

その中央に、杖をつき、ヒゲをたくわえたおじいちゃんと、二十代前半と思われる、これまた美人で物静かな感じのお姉さんが立っていた。

二人に近づいていくナナさんのあとを歩いていると、足もとにチラッと光るものがあった。しゃがんで拾ってみる。人間の歯だった。

歯？

おじいちゃんが俺に向かって言う。

「お前さんが、鍛冶屋のとこの婿《むこ》さんか？」

「まったくの言いがかりです」

「はて、おかしいのぅ。またあの娘達の暴走か？　まあええわい。ワシは、エンガルギルドの長ササクじゃ。よろしく頼むの」

ササクと名乗ったおじいちゃんは、ナナさんから渡された書類を見ながらそう自己紹介をした。

「イントです。書類どおりの者です」

俺も自己紹介を返す。

「……お主《ぬし》の戦闘方法は魔法か。魔法でどんな働きができるか楽しみだのう。今日の模擬戦《もぎせん》の相手は、うちのギルドの看板娘ワックちゃんじゃ。かわいいし、強いぞー。一応、得物《えもの》は刃引きしてあるが、当たると痛いからあんまり油断せんようにな。あと、ワシ審判ね」

審判て、え？　殴り合いみたいな感じ？

ムリムリ。

ここはチート主人公らしく……土下座スキルで許してもらうか。

手を前方に出して土下座に移行しようとした途端——パキンと音がした。

パキン？

前方に出した両腕が、関節じゃないところから、おかしな方向に向いている！

「おんぎゃあああああああああ！」

折れてます、これ折れてます！

俺はササクさんの後ろに隠れて大声で言う。

「先生！　あの子、まだ始まってないのに人の腕折っちゃうんです！　イケナイと思います！」

「先生って、ワシか？　開始前に一発入れるのはお約束じゃからの。ノーカンノーカン。ほれ、行ってこい。って……お主、腕、治ってないか？」

そうだった、「健康」の加護があった。

「健康だけが取り柄です」

俺は誇らしい顔をした。

「健康は宝じゃ。ほれ、行ってこい」

ササクさんに押し出されてしまった……すると、ワックちゃんが初めて喋った。

「お前みたいな軟弱な奴が、ギルドの評判を下げるんだ。とりあえず死んでから反省しろ」

あ……この人ヤバい人だ。

どうしよう、他のチート主人公なら圧倒的な力で叩きのめして「抱いて！」とか「くっ！　殺せ」とか言わせちゃう系のイベントですね？

よし……圧倒的な嫌がらせを見せつけてやるか！

「アースボール！」

砂埃《すなぼこり》が舞い上がり、ワックちゃんを包み込んだ。

「で？　こんなのは目くらましにもならないぞ？」

ワックちゃんは笑っている。

「ウォーターボール！」

バスケットボールほどの大きさの水玉が出現し、ワックちゃんの刃引きの剣に当たって真っ二つになる。ワックちゃんもびしょ濡れだ。ウホッ、透《す》けてます！

俺のいやらしい視線に気づいたワックちゃんは、怒り心頭で飛びかかって——は来ないで、その場で靴を脱ぎ出した。

「お主、何をやった？」

ササクさんが半目で俺に聞いてくる。

「靴の中で石コロを錬成してやりました」

「……ほう、さっきの砂埃の粒でか？」

ワックちゃんは靴を脱ぎ捨てて「卑怯者《ひきょうもの》！」と怒鳴り、剣を振りかざした。今度こそ飛びかかってくる——だがやっぱり途中で足を止め、後ろを向いてしゃがみ込み、何やらゴソゴソし始めた。

「今度は何やったんじゃ？」

「胸の谷間に、石コロを錬成してやりました！」

ワックちゃんは顔だけこちらに向けながら「破廉恥《はれんち》！　恥知らず！」などと罵《ののし》ってくる。ご褒美ありがとうございます。

「魔法使いめ！　もう許さんぞ！」

そう怒鳴りつけた直後、片足でケンケンしながら首を傾けるワックちゃん。

「今度は？」

ササクさんが問う。

「無詠唱で小さい水を飛ばして、それを耳の中で増加させました！」

ワックちゃんは顔を真っ赤にし、頭から湯気を立てている。

「貴様あ！　絶対に、ごぼじはぶひょっげふっ！　ぶひょっ！」

ササクさんはため息をつきながら、手のひらで目もとを覆っている。

「今度は何じゃ？」

「鼻の中で水を増加させました！　なんかこちらを睨みつけながら鼻水垂らす女の子って、新たな性癖のドアを開けちゃいそうですね？」

「そのドアの開け閉めは自己責任でな？　次は、どうするつもりだ？」

またササクさんが聞く。

「そうですね……パンツの中に赤土粘土でも錬成しますか？」

「粘土？　動きを封じるのか？」

「いえ、パンツの中を綺麗に型取りして等倍模型を量産します。ギルドのオブジェとしてお一ついかがですか」

「鬼畜《きちく》の所業《しょぎょう》じゃの……」

ワックちゃんは、いつの間にか土下座していた。

――俺はこうして、チート主人公らしく正々堂々と勝利をもぎ取った。

ワックちゃんには「抱いて！」とは言われなかった。

4　生肉！　作業場！　中二病！

さて、試験結果だが――。

合格です。

まあ、それほど感慨《かんがい》深いものではないのだが。

三姉妹なんか十二歳で合格したらしいし、試験官との試合も、実は勝敗は合格に関係ないみたいだし。

だけど、ハンターカードなるものをもらいに行った際に、ちょっとしたトラブルがあった。初心者用の緑色カードの在庫が切れていることがわかり、仮の、黒いカードを渡されたのだ。

カードにはデカデカと「F」の文字が打刻《だこく》されている。来週、緑色カードを入荷するみたいなのだが、ランクを打刻し直すとギルド持ちで料金が発生するらしく、「このままこのカードで行きましょう」とナナさんに言われた。

ギルドも、結構ケチだね。

ひととおりの手続きを終えて、ギルド内にあるカフェみたいな場所に行ってみると、デックスが一人でお茶を飲んでいた。

ぴらぴらとカードをかざしながら俺は近づいていった。

「あら、ぴんぴんしてるじゃない？　残念、賭けは成立しなかったみたいね」

残念そうに呟くデックス。

「え？　皆さん俺の不合格に賭けてたんですか？　ひどいなあ」

デックスは首を振る。

「違うわよ。ヴィータは『足がもげる』、エステアは『腕がもげる』に賭けてたのよ」

「デックスさんは？」

「『首がもげる』よ」

それ、死んでるじゃないですか……。

「証明証のカードはもらったんでしょ？　見せてよ……あら？」

デックスは俺の手からカードをもぎ取り、首を傾げた。

「なんか、緑色のカードが切れてて、仮でこの黒カードになりました」

デックスはニヤリと笑う。

「ギルドも大変ね。……イント、買い物に行くわよ」

俺にカードを突き返し、ズカズカ歩き始めるデックス。いつの間にか俺の隣に立っていたエステアが、納得いかない顔で「在庫切れねぇ……」と呟いていた。

買い物って、どこに行くんだ？　商店街かな？　そもそも気絶して目が覚めたらここにいたから、ギルドが町のどの辺りにあるのか、俺知らないけど。

てくてく出口に向かうデックスとエステアのあとについていく。さっきの筋肉達は、四つん這いのまま、まだ床掃除をしていた……いつまでやらされるのかな？

ギルドを出て、しばらく道を進むと商店街が見えてきた。ギルドは町の中心から少し離れたところに建てられているみたいだ。でかい建物と演習場があるから、広い土地が必要だったんだろうな。

商店街に戻ってきて、アサカー鍛冶店の前を通りすぎ、さらに五分ほど歩いて一軒の店の前でデックス達が足を止めた。

服屋さんだった。

えー……。

「自分、服このままでいいっすよ」

どこに行っていたのか知らないが、途中で合流したヴィータが、ここで俄然《がぜん》張りきり出す。

「もっとパリッとしたお洋服を着ないと～。あたし達の旦那様なんだからぁ。今着てるのは木綿だと思うけど、作業用の革製の服と、あとは部屋着と、パジャマと……」

あーこの人、服屋さんでテンション上がっちゃうタイプかあ。

「お任せします」

俺は頭を下げた。

それにしても、他の服に替えてもポケットからサラミ出るのかな？　って、服を選ぶ基準がサラミってのもなあ……。

その後、ヴィータに店中を引っ張り回されたのだが……あることに気づいた。

俺の手を引っ張る彼女の、その力加減が合気の達人のようだったのだ。

まるで操り人形みたいに、俺はヴィータの意のままに動きをコントロールされ、まったく抵抗できなかった。

そのおかげで、俺のパジャマは着ぐるみクマさんになった。

いや、かわいい女の子が着るならスゲー好きなんすけどね。男がこれ着るのってどうなの？　え、アサカーさんのパジャマも、クマさんにするの……？

いや、もういいです。

さて次は何ですか……「背嚢《はいのう》」？　ああ、リュックサックのことですか。小さいのでいいです、小さいので！

エステアさん、そんな大きいの持ってこられても、背負った瞬間に俺また流血しますから。

ヴィータさん、リュックサックもクマさんっていうのはやめましょうね。

デックスさんはどうしてそんな、意味のないトゲトゲの鋲《びょう》がついたリュックサックなんですか……何気に一番センス悪いです。

――で、結局。

非力な俺にも持てるものというと子供用しかないらしく、問答無用でクマさんリュックになった。

それと意外だったのが、剣帯《けんたい》。これ、この世界では必須らしい。

剣を持っていない人でも、色々と小物をぶら下げるのに便利だから重宝《ちょうほう》するのだとか。たとえば町の外を歩く際に、荷物なんかのせいで両手が塞《ふさ》がるのはよろしくないとのこと。

だからアサカーさんは、初めて会ったあの下山の時、俺と手を繋いでくれなかったのか。……クマさんとはしっかり繋いでたけど。

リュックサックのあとは、体を拭《ふ》く布や、顔を洗うための桶《おけ》なんかも買いました。桶は木製だ。なんかカッコいいね、木の桶！　他に必要なものがないか、四人揃って考えたけど、誰も他に思いつかなかった。

これにて買い物は終了です！

◇◇◇

次はお昼ご飯！

エステアがハンター試験の合格祝いにおごってくれるとのことで、商店街の中ほどにある彼女の行きつけのお店にやってきた。途中、エステアはいったん家に戻って、例の大猪を持ってきた。俺がギルドにいる間に、ヴィータが解体してくれていたらしい。

「着いたぞ！　ここだここ！　おっさん、客連れて来たぞ！」

エステアがドアを元気よく開けると――。

「うるせー、エステア！　店先で騒ぐんじゃねぇ！」

両手に包丁を持った恰幅《かっぷく》のいいおっさんが、青筋を立てて出てきた。

またおっさんですか……。

「おっさん、アタイいつものな！　あとコイツ、今日ハンター試験合格したから、お祝いになんか美味《うま》いモン食わしてやってくれ！」

食い物屋っていうよりは精肉店ふうの佇《たたず》まいだ。その店先で包丁を握りしめたおっさんは俺をジロリと睨みつける。そして店の中に戻りながら、振り返って俺に言った。

「うちは肉しかないが、食えない物はあるか？」

「肉大好きです！」

俺は即答した。

店は小さい造りでテイクアウトが基本みたいだが、店内の隅にテーブルが三つほどあり、そこで食べていくこともできるみたいだ。ちなみにテーブルは三つとも空いていた。

席に着くと、デックスとヴィータが思い思いのものをおっさんに注文した。聞こえてくる内容はサッパリわからなかった。

エステアは席には着かずに、奥のキッチンに引っ込んだおっさんの背中に向かって、大猪の売却交渉をしていた。彼女は笑顔を見せていたので、高値で買い取ってもらえたのだろう。

そのさまをぼんやり眺めながら、俺はこれからのことを少し考えてみた。

これから仕事をするなら……やっぱり鉱石関連か。あるいは、それに伴《ともな》う武器防具の開発関連かな？「アサカー鍛冶屋二号店」だけは全力で避けたいところだが……。

漠然と将来を妄想している間に、テーブルが料理で埋まり始めた。気のせいか、俺の料理だけ赤い色が目立つ気がする……これはよそ者に対するイジメなのか？

生肉は前世ではあまり得意じゃなかったのだが、手をつけないと包丁魔人のおっさんの機嫌を損《そこ》なう恐れがあるので、しかたなく食べることにした。

「いただきます」

そう言って手を合わせてから、薄くスライスされた生肉を、付け合わせの野菜っぽいものと一緒に口に放り込む。

「美味い……何だこれ？　すごい甘味だ」

いつの間にか、包丁魔人のおっさんが後ろに立っていた。

「ジビエの盛り合わせだ。今食ってるのがサングリエ——猪だな。エステアが持ってきたものの一部だよ。それと、その隣の、赤色の強いのがシュヴルイユ——鹿だ」

へぇえ……猪の生肉って、こんなに美味いのか！

「仕留めた直後にしっかりと処理をしてある新鮮な肉だけ、こうやって食えるんだ。お前さんがハンターで何を目指すのかは知らんが、腕のいいハンターってのはこういうもんだ」

なんかカッコイイ、このおっさん。

ひとしきり食べてそれぞれの味に感動したあと、ふと隣のエステアを見ると――太い骨の先に肉の塊がくっついた、マンガなんかでおなじみの「あの肉」を食べていた。

「何、ジロジロ見てんだ？　惚《ほ》れたか？」

エステアは両手に「あの肉」を持ちながら、頬をほんのり赤らめる。

「それって、何の肉ですか？　俺もそれが食いたいっす！」

エステアは俺のあまりの食いつきっぷりにキョトンとしつつ――。

「これは、れいの肉だけど？」

「例の肉って？」

「いや、だから、ほられいの肉だって」

まったく要領を得ない。

見かねたおっさんが口を出す。

「『ホラレイ』っつう草食モンスターの前足の肉だ。ハンターの間ではレイと言うんだが、この辺ではよく食われてるぞ」

……モンスターの肉ですか。やっぱり、けっこうです。

おっさんは、ヨシカーさんという名前らしい。肉屋のヨシカーさん。

また、食べに来よう。

◇◇◇

商店街を軽く散歩しつつ、家に戻ってきた。

本当はもう少し町を散策したかったのだが、エステアが解体作業場の改良をせがんだために早く帰ってくることになった。まあ、約束だからしょうがない。

「えーと、どの辺に造ったらいいですかね？」

昨晩石壁で雑に囲った場所ではなく、店の裏手に本格的なものを造ってくれというエステアのリクエストに応じて、俺達は店裏に回った。

俺の住まいとなった物置と、鍛冶店兼住居の間にある空きスペースに、エステアが木刀でガリガリと線を引いていく。

その線は物置よりひとまわり大きい程度の間取りだった。

じゃあ、早速作業を始めるか。

三姉妹と大雑把《おおざっぱ》な打ち合わせをしたあと、入り口になる正面を除く三面を高さのある石壁で囲い、その上に傾斜をつけた屋根を載せる。そして、それぞれの壁に換気口と明かりとり用の窓をつけ、正面も壁で塞いで、広めの間口をとってみた。

とりあえず建物の形になったので、四人で中に入る。

「エステアさん、ちょっとそこの窓を殴ってみてください」

すぐそばの窓に向かって振りかぶるエステア。

ボカン！

窓が丸々吹っ飛んだ。

「どうも」

俺はエステアに窓を殴らせて強度を調整していこうと思っていたのだが……あっさり破壊されてしまった。

もう一度窓を錬成する。さっきよりもかなり硬くした。

「こんなもんでどうでしょう？」

再びエステアが殴る。

ボカン！

窓はビクともしない。

「いいよ、これくらいで。……なぁ、地面も硬くできんの？　獲物の血とか洗い流す時に、地面が泥《どろ》っぽいとやりにくいんだよな」

俺は頷く。そのリクエストにお応えして、地表にコンクリートを塗り、水が溜まらないように角度をつけた。

血を洗い流したりするなら、水も必要だよな？　よし、給水設備も造っておくか。ドラム缶三〜四本分の給水塔を建物の屋根の上に錬成し、次に銅のパイプを造って給水塔に繋げ、建物内部に延ばす。

あ、蛇口《じゃぐち》どうしよう……。モノは造れそうだけど、仕組みがちょっとわからないな。

アサカーさんに相談してみるか――。

俺は三姉妹を残していったん精錬所に行った。

真剣な顔つきでダマスカス鉱を叩いているアサカーさんに声をかける。

「アサカーさん、仕事中すいません。相談があるんですが」

やりたいことを簡単に説明して、蛇口の仕組みを教えてもらう。大体わかったところでアサカーさん指導のもと部品を錬成し、簡単な蛇口が完成した。

「お前、結構便利な奴だな」

アサカーさんにそう言われた。

ダマスカスの剣とかも、完成品の見本を見せてくれればコピー生成できますよ、と言ったらそれは断られた。鍛冶屋としてのプライドが許さないらしい。

さて、アサカーさんにお礼を言って三姉妹のところへ戻り、蛇口を取り付けて――解体作業場の完成！

チート主人公っぽさ全開の作業場だ！　屋上の給水塔にそれぞれウォーターボールを打ち込んで、

水も満タン！

エステアに蛇口の使い方を説明したら、すぐ飽きたらしく「あーあーはいはい、ありがとな」で終わった。

がんばれチート主人公！

そんなことより実は……チート主人公として大成するために重要なアイテムを、俺は今日ひそかに手に入れていたのだ。

服屋でヴィータにねだって買ってもらった黒い革のコートと、そのあと自分でこっそり買った革の指抜きグローブである！

◇◇◇

居間で夕飯をいただいたあと、「早めに寝ます」とその場を辞去し、自分の部屋である物置に戻った。

いそいそとコートを羽織り、グローブをはめる。

暗いので、隅で埃をかぶっていたランプを引っ張り出してきて、火を灯し。

カッコイイポーズの研究をスタート！

まずは右手を頭上にかざして——。

「断罪《だんざい》の黒き天使、ここに降臨《こうりん》せよ！」

……いや、違うな。

これならどうだ！

「罪深き闇《やみ》の亡者《もうじゃ》どもよ、ここに集《つど》え！　暗黒微笑、降臨！」

ちょっと長いか。

よし……じゃあ、荒ぶる鷹《たか》のポーズから――。

「堕天使《だてんし》ルシフェルよ、漆黒《しっこく》の闇の中でレクイエムを奏《かな》でよ！」

ここで、ターン！

「パリ……」

「ポリポリ……」

「ずずず……」

ターンを決めた正面には――横並びに正座し、お茶を飲みながら煎餅《せんべい》をかじっている三姉妹の姿。

「あの、いつからそこに……？」

「「「……聞きたい？」」」

「コロシテクダサイ……」

前世では、親にも見られたことないのにぃいいい！

エステアがお茶を啜《すす》ってから言った。

「これって、あれか？　ほら、貸馬屋の息子がよくやってた……」

「セフィーロ馬屋さん？」

ヴィータは煎餅をポリポリかじっている。

「それそれ……」

エステアも煎餅をパキッと割って食べる。

……人の部屋で、世間話すんなああ！

「イント……」

デックスが、真面目な顔つきで俺を見る。

「はい」

「心の傷は、時間が解決するわ」

「はい……」

「さ、私達も寝るわよ」

立ち上がって物置を出るデックスに、ヴィータとエステアが続く。

「「は～い。イント、おやすみ～」」

おやすみなさい……。

◇◇◇

次の日——。

何となく三姉妹と顔を合わせたくなかったので、朝食前からアサカーさんの仕事場にお邪魔することにした。アサカーさんはもう仕事を始めていた。

「お前ぇも腹くくったか！　よし、鍛冶屋のノウハウを叩き込んでやるぜ！」

そう張り切るアサカーさん。

「いえ……いずれここを出て一人で自活するために、参考にさせていただきます」

すると、ガッカリし過ぎたのかアサカーさんは一気に十歳くらい老《ふ》け込んだ。

それでも武器防具の種類や素材の特性をこまかく教えてくれたり、鍋やフライパン作りなどの簡単な仕事を手伝わせてくれたりした。そういえば俺、アサカーさんに日雇いで雇われたんじゃなかったっけ？　初日の鉱石掘りの仕事以来、なんにも手伝っていないのだが……。

まあ、アサカーさんが俺に期待しているのは仕事の相棒としてではなく、三姉妹の相手としてだろうから……日雇いうんぬんってのは流していいかもな。

ちなみに俺にやらせてくれた鍋とフライパンだが、本当は昨日やる予定だったものらしい。ダマスカスの加工にかかりっきりで、昨日はまったく手をつけなかったそうだ。

鍛冶屋のプライドはどうした。

仕事がいったん落ち着いて二人で一休みしている時に、俺が「また鉱山に行きたい」と言うと――。

「丸腰はダメだぞ！　道中が危険だからな！　行くなら、武器と防具と、あと護衛を用意してからにしろよ！　まあ幸《さいわ》い、腕のいい護衛には心当たりがあるがな！」

アサカーさん、グイグイ来るなあ。嫁き遅れの娘がいる親って、必死なんだな。

「大丈夫ですよ。またダマスカス鉱持って帰ってきますから。あ、ちょっとこの辺の鉱石もらってもいいですか？」

「ありがてぇが、ダマスカスはしばらく持って来なくていいぞ。これ以上派手にやると怪しむ奴が出てきそうだしな。できればウーツ鉱を持ってきてくれ、そしたら適正価格で買い取るから。あとその辺の鉱石は、好きなだけ持ってけ。しばらく錬成する暇《ひま》がないんだ」

俺はお言葉に甘えて、ウーツと鉄と銅の鉱石をそれぞれ何個かいただいた。

物置に戻り、床にそれらの鉱石を種類別に並べていると、三姉妹が覗きにきた。

「おい堕天使、何やってんだ？」

エステアがニヤニヤしながら言う。

顔を真っ赤にして蹲《うずくま》っていると、デックスが――。

「ちょっとエステア、この人メンタル弱いんだから、からかうのはやめなさい。ねぇ、ルシフェル？」

コロシテクダサイ……。

「で、何してるの？」

物置の隅で壁のほうを向いて縮こまっている俺に、ヴィータが聞いてくる。

「えーと、武器を造ろうかと……」

「そんなの、親父に頼めばいいじゃん？」

エステアが言う。

「アサカーさん忙しそうですからね。自分でやろうかと思いまして」

「物置で？　ここで火熾《おこ》しはやめてよ？　火事になるから」

「大丈夫です、デックスさん。火は使わずに魔法でやりますから。昨日の壁と同じですよ」

俺は床に並べた鉱石を、どんどん錬成していく。

三姉妹も興味津々《きょうみしんしん》の様子だ。

俺専用の武器……何か奇をてらったものがいいよな！　たとえば一見武器には見えないものを武器にして、モンスターを倒しまくる……カッコイイ！

ヨーヨーとかいいんじゃない？　鉄の重たいヨーヨー！　くぅ！　カッコイイ！

早速、鉄鉱石を粘土のようにこねくり回してヨーヨーを造ってみる。紐《ひも》は、極細のワイヤーみたいなのがいいな。ワイヤー部分も錬成し、クリクリとそれを本体に巻いて、反対の端をわっか状にして指に装着する。

「これはヨーヨーと言って、こうやって使うんです」

自分の足もとに向かってヨーヨーを放ると、パキンという音がしてワイヤーが切れ、野放しになったヨーヨーが足の親指にめり込んだ。

おぎゃあああああ！

と、心の中で悲鳴を上げつつ、下唇を噛《か》みしめて耐える！　下唇から血が滴っているのがわかるが、平静を装い続ける。

「ね？」

俺は三姉妹に笑いかける。

「何それ、特殊な性癖の人向け？」

「ヨーヨーの色がキレイ～」

「もっと重くしたほうがいいんじゃないか？　そのほうが筋肉つくぞ？」

三者三様の感想だ。

「今のなし！　ナイナイしましょ！」

俺はヨーヨーをポイッと部屋の隅に放った。

気を取り直し――。

やっぱり武器といったら、ド派手な見た目で相手を震え上がらせるような、ハッタリの利《き》くものがいいな！

閃《ひらめ》いた！

デスサイズ！　死神の鎌《かま》だ！

それを肩にヒョイッと掛けて、「今夜のお前さん、死神に魅入《みい》られてるぜ」……うわ！　カッコイイ！　コレだ！

刃渡りと持ち手の部分を長めにして、色は全体的に黒っぽくする。さらに、刃の部分に魔法陣みたいな模様なんか刻んでみるか。

よいしょ、よいしょ……。

――ふひひ、できた！

「デスサイズ！　死神の鎌だ！」

「あー、稲の刈り取りに使うヤツな」

「違いますってエステアさん！　命を刈り取るんですよ！　ぶーん！　スパ！　です！」

「やってみなさいよ。でもここ狭いから、表でね」

デックスに促され、出口に向かう。……刃渡りを長くし過ぎました、出入り口に刃が引っかかってます。……重いし、疲れてきました。

出口が狭いんだよ！

「エステアさん、出番です」

「おう！」

ばきばきばきん！

エステアのパンチで出入り口が破壊された。

「デスサイズねぇ……嫌いな人の家に呼ばれた時にいいわね。入り口を壊す、いい口実《こうじつ》になるわ」

「全体的に、もう少し鮮やかな色のほうがあたしは好きだなー」

「それ二本あったら、天井の梁《はり》に刃を引っかけて懸垂《けんすい》できるな」

また好き勝手な感想をいただきました。

「これもなし！　次から本気出します！」

デスサイズをほっぽって、部屋の床に座り込んで考える。

ちょっと憧《あこが》れる武器といえば……ククリナイフ！　カッコいいよな！　こう、なんつうか、「く」の字に曲がった刃とかさ。切ってよし投げてよしカッコよしの三拍子！　コレしかない！

段々慣れてきた土魔法の変性変質成形で、あっという間にできあがった。

ククリナイフならやっぱ二刀流だよな！　ということで、もう一本造る！　握りの部分に、物置の隅に転がっていた木綿糸をグリグリと巻き付け、仕上げにナックルガードを加える。

うわ！　カッコいい！

「できた！　カッコいい！　コレだよコレ！」

両手に持って、ぶいぶい振ってみる。

刀身はウーツ鉱を使ったのだが、薄くて丈夫で、しなりがいい！

嬉しくなってナックルガードに指を引っかけてクルリと手の中で回してみたら、ナイフが指から外れ、足の人差し指と親指の間にサクッと刺さった。

「ひぎゃあああああ！」

黙って見ていたデックスが近寄ってきて――。

「こうやるんじゃないの？」

俺からククリナイフをもぎ取ると、両手で素早く振り始めた。

「イント、これバランスが悪い。柄をもう少し長くしてグリップエンドも付けて。あと、刃の角度はもう少し深く、ナックルガードはもっと細く」

「あ、はい」

一度返してもらって注文どおり調整する。

できたものを渡すと、デックスはまた両手で振るい、剣舞っぽい動きを始める。

風切り音が、段々鋭く高くなっていく。ナックルガードに指を引っかけ、凄まじい速さで回し出したと思ったらぴたりと止めて握り直した。

まさに、俺がさっきイメージしたとおりの動き！

「おおおお！」

思わず拍手を送ってしまう。

「これはいいわ！　最高ね！」

デックスが頬を上気させて、ククリナイフを褒めちぎる。

「でしょう？　ククリナイフって言うんですよ！」

「ありがとう！　大事にするわね。鞘《さや》は大丈夫よ、お父さんに造ってもらうから」

「はい！」

って……あれ？

「あの……」

俺を遮《さえぎ》ってヴィータが身を乗り出す。

「次あたしー！　どんなの造ってくれるの？」

えーと……。

「シールド……ですかね」

「わーい！」

手を叩くヴィータ。その後ろからエステアが手を挙げる。

「その次アタイな！」

あれぇ？

ヴィータのシールドは、バックラーにした。

腕に取りつけるタイプを造ってみたがそれだけだとつまらないので、縁部分に、収納可能なスパイクを付けてみた。

シールドの性能を試すため、エステアに殴ってもらったのだが……彼女のパンチでもビクともしなかったので、ヴィータもエステアもデックスも驚いていた。

さて……次はエステアだが。

デックス達が言うには、この筋肉娘は興奮すると武器を放り出す癖があるらしい。そして放り出した武器を決まって失くしてしまうのだとか。

昔、ハンター合格祝いにアサカーさんが造ってくれたという武器は三日で紛失し、再度造ってもらった別の武器もその日のうちにどこかへやってしまったそうだ。

「……エステアさん、武器いらないんじゃないですか？」

当然の指摘をしたまでなのだが、エステアは地団駄《じだんだ》を踏む。

「二人がもらえて、アタイだけもらえないってのは我慢ならないんだよ！　だから末っ子は嫌なんだ！」

むくれちゃいました。

まあ気持ちはわからんでもないが、すぐ失くしちゃうんじゃ意味ないでしょ。

パンチがメイン攻撃なのは間違いなさそうだから、そうだなあ……メリケンサックとかでいいんじゃないか？

うーん、でもさすがにそれは味気ないか。そしたら、手甲《てっこう》みたいな感じがいいかな。放り投げられないようにベルトでガッチリ腕に留《と》めるタイプにすれば……。

「エステアさん、ちょっと手、貸してください」

鉱石を加工して造った鉄板を彼女の腕に当ててから、柔らかくして巻き付け、採寸していく。体に直接着けるものだから、内側と外側とでは材質を変える必要がある。肌に当たる内側部分には、布みたいな素材を使うのがいいかな。

綿や毛皮や皮革……デックスとヴィータにそういう素材を持ってきてもらい、あれこれ試しているうちに、アサカーさんまで見物にきた。

エステアの手首の動きを制限せず、それでいて打撃時の拳《こぶし》にかかるショックを軽減できるよう丈夫な造りに！

殴る時って、手首は固定したほうがいいのかな？　だとしたら固定するためのフレームもつけるか。でも、手首固定しっぱなしじゃ、飯も食えないな。飯の時に腕から外すようにしたら、この子、たぶん失くすしな……。

試行錯誤《しこうさくご》の末、何とかエステアの武器が完成した。

「えーと、これの着け方、教えますね」

エステアに腕を伸ばしてもらい、手の先から肘《ひじ》にかけて、武器をズボッと差し入れる。それを備え付けのベルトで腕に固定するのだが、自分でできるように、片手で締められる金具を使ってある。

腕に取りつけたあとに、最終的な調整をしている俺を見て、エステアは頬を膨《ふく》らませた。

「何だよ、武器じゃなくて、防具かよぅ……」

俺は何も言わずに調整を済ませ——物置を出てエステアを呼んだ。ぞろぞろと皆が出てきたところで、そこらへんの空きスペースに、土魔法で壁をいくつか出して硬化させた。

エステアに目で促す。

「ん？　これでぶん殴れってことか？」

「はい」

エステアは壁に近づき、振りかぶった。

「待って待って！　殴る時は、そこの、ボルトを引っ張ってください」

俺はジェスチャーでボルトの場所を示す。

「こうか？」

俺と武器とを交互に見ながら、武器の端のボルトを引くエステア。

ガチンと音が鳴り、手首が固定された。

「何だ？　手首が動かないぞこれ？　故障か？」

「その状態で殴ってみればわかります」

俺は壁を指差す。

首を傾げつつ、エステアは壁に向かって構え直し——。

ドドドン！

爆発音とともに、地響きが轟いた。

「イント！　これすごい！　でも、使いこなせてない感じがするな。何かモヤモヤする！　手首の固定はすごくいい、少し練習が必要そうだけどな。ありがとうイント、絶対使いこなす！」

エステアのそんなお礼の言葉を、俺は爆発音とともに飛んできた壁の破片が頭に当たって意識が薄れていく中……聞いたような気がした。

◇◇◇

翌日早朝、どこかの戦場の最前線のような音で目が覚めた。

音は物置の外から聞こえていた。

どうやら三姉妹が、朝からお稽古《けいこ》に励《はげ》んでいるようだ。

うーん、まだ頭が痛い。結局昨日は意識を取り戻したらもう夜で、そのまま、また眠ってしまったんだった。でもあと少し寝てたいな。

布団を頭からかぶって外の騒音に耐えていると……物置のドアが勢いよく弾《はじ》け、エステアが転がり込んできた。

「イント！　手甲壊れた！」

武器を突き出してくる。

「アホかあ！　アレだけ丈夫に造ったのに……壊すほうが難しいですよ！」

強度が足りないってか。しょうがないのでアサカーさんの作業場へ行き、ダマスカスのインゴットの端っこをブチッとちぎり取って——。

「お前、ブチッて……」

アサカーさんがなんか言っていたが、とりあえず聞こえないふりをして物置に戻る。

ダマスカスを加工して手甲の破損箇所を修復した。

「ふうぅ、できましたよ」

「おお、ありがとよ！」

嬉々《きき》として物置を出ていくエステア。

ダマスカスを使っているんだから今度は壊れないだろう……布団に戻って二度寝しようとしたところで、ヴィータがスパイクの曲がったシールドを持ってきた。

きぃぃぃぃぃぃぃぃ！

スパイクの補修改良用にまたダマスカスを取りにいくと、アサカーさんはデックスのククリナイフに研《と》ぎを入れていた。

やはり本職だ。その動きに見入ってしまう。こればかりはまったく真似できないな。……それにしても、あのナイフが刃こぼれするって、どんな稽古してるんだ？

アサカーさんの作業が終わったようだ。

デックスはヒゲもスパッと剃《そ》れそうなほど研ぎ澄まされたククリナイフを革の鞘にしまい、ご満悦の様子。あの鞘もアサカーさんお手製か。仕事が早いな、いつ造ったんだ？

デックスはその鞘をさすりながら誇らしげな顔をしている。ククリナイフをすっかり使いこなせているという自信からくるのだろう。

俺は彼女の耳もとで、「知ってます？　ククリナイフって、投擲《とうてき》にも使えるんですよ」と囁《ささや》いた。

するとデックスはバタバタと作業場から駆け出していった。

物置に戻り、作業の後始末をしてひと休みしていると——大事なことを思い出した。

俺の武器が、ない。

でも朝からバタバタで疲れたので造る気になれず、結局、鍛冶屋の店内の隅っこに展示されていた樫《かし》の棒をアサカーさんからもらって使うことにした……。

ちなみに店には、ちゃっかりあのデスサイズも飾られていた。値札が目に入る——「二百エヌ」。

二百エヌ!?

安すぎだ！　俺の自信作なのに！

腹立たしいのでこっそり「二十万」に数字を書き換えておいた。

物置に戻る途中、そもそもなんで昨日、武器を造ろうとしたかを思い出した。仕事をするためだったな。とりあえず、ギルドにでも行ってみるか……。

一人で行くのは怖いので稽古中の三姉妹に相談したら、ヴィータが付き添ってくれるとのこと。他の二人は引き続きお稽古に励《はげ》みたいらしい。

商店街を出てしばらく歩き、ギルドまでやってきた。

やっぱり怖くて建物の入り口付近でモジモジしていると、「あたしが付いてるから平気だってー」とヴィータに腕を引かれ、ギルド内に連行された。

タイミングの悪いことに、中から出てくるところだったらしいあの筋肉軍団と鉢合わせた。

が、筋肉達は一斉に頭を下げ――。

「おはようございます、兄さん！」

挨拶された。

カフェでお茶を飲んでいたワックちゃんと目が合うと、悲鳴を上げて逃げていく……そこまで怖がらなくても。

ワックちゃんの逃げていったほうを眺めていると、受付カウンターからナナさんが声をかけてきた。

「あら、おはよう、『赤土の悪魔』さん」

「え、何ですか？　それ」

「あなたの二つ名よ。ハンター登録初日に二つ名が付いたのは初めて。新記録ね」

「何で『赤土』なんですか？」

「あら、ワックちゃんにやったことを覚えてないの？」

え？

あ……パンツの中の型取り？

「いやいや！　やってないっすよ！　断じてやってないっす！」

「女の子を引き合いに出して、やっただの、やってないだの、大声で叫ばないの」

「俺がやったのは、足と胸の谷間と耳に――」

「うるさい！　それ以上言うな！」

「……え？」

振り向くと、顔を真っ赤にして頭のてっぺんから湯気を立ちのぼらせているワックちゃんがいた。

「イントと言ったな？　どこまで私を辱《はずかし》めれば気が済むのだ！」

静まり返るギルド内。

「サ……サラミ食べます？」

ポケットのサラミを差し出すが、ワックちゃんは受け取ろうとしない。

涙を滲《にじ》ませ、「負けない、もう絶対に負けない！」と捨て台詞《ぜりふ》を吐きながらギルドを出ていった。

あー……。

「お兄ちゃんの馬鹿！」って最後につけてくれれば、ほっこりと和《なご》んで思わずお小遣いをあげたくなっちゃうのに……残念だ。

気を取り直し、俺はナナさんに向き直る。

「あの、鉱山の依頼ってあります？」

「切り替え速いわねぇ。あるわよ、はいこれ、依頼書ファイル」

「ファイル？　ボードに張り紙、とかじゃないんですね」

厚紙で挟んだ依頼書の束を受け取りながら、どうでもいい疑問を投げかけた。

「張り紙だと、剥がしてポケットに入れて依頼キープするおバカさんがいるのよ」

ナナさんはため息をついた。

「なるほど、納得」

「だから、悪いけどこの場で見ていってね？」

「はい」

ファイルをパラパラめくっていくと、めぼしい依頼書があったのか、ヴィータが横からスパスパ抜いていく。

場慣れしてるなぁ……。

そう感心しつつ、抜かれた依頼書のいくつかに目をやると——。

ウルフ討伐。大猪討伐。

それらを差し出すヴィータ。

「はい！　ダーリンの分ね」

「ムリムリムリムリ！　そんなのムリ！　ほら、薬草採取とか、定番の初心者向きのはないんすか。ヴィータさん、そんなのじゃ俺、普通に死にます！　武器、樫の棍棒《こんぼう》だし！」

「何言ってるのー。あなたすごい魔法使いだし、護衛だってついてるし、平気よー！　そんなことより、あたし達のパーティ内容も変更したいんだけど。ダーリン加わったからぁ」

「あら、変更するの？　デックスとエステアは？」

ナナさんが身を乗り出した。

「『忙しいから代わりにやっとけ』だってぇ」

ナナさんが、またため息をつく。

「しょうがないわねぇ、本当は規則上ダメなのよ？　デックス達にもちゃんと言っておいてね？じゃ、その手続きするから、ちょっとこっちの書類書いて」

「はーい。あ、イントはお茶でもして待っててねぇ」

「えーと……俺の依頼は？」

ヴィータは無視して書類に記入を始めた。

ナナさんがこっちを見もしないで言う。

「まぁ、死なないように適当にがんばってちょうだい。いってらー」

異世界ってのは、こういうところがアバウトで嫌だ。

その場に突っ立っていたら、記入を終えたヴィータに手を掴まれ、例の合気道のような技で浄瑠《じょうる》璃《り》人形みたいに歩かされてギルドを退場させられた。

◇◇◇

家に戻ると、エステアとデックスがリュックサックを背負って、準備万端で待っていた。

「鉱石籠は持てないんでしょ？　はい、これあなたの背嚢よ」

デックスがぽいっとクマさんリュックを放り投げてきた。

「鉱石籠くらいアタイが持ってやるよ、ダンナ！」

エステアが力こぶを作る。

てか、「ダンナ」って……。

「イヤイヤ、鉱石を持ち運ぶ方法はありますんで、皆さんは手ブラでいいっすよ」

俺は樫の棍棒とクマさんリュックを持ち、颯爽《さっそう》と家を出たが——。

「待って。馬で行きましょう」

デックスが止めた。

「馬？　俺、乗ったことないですけど？」

「子供でも乗れるから平気よ」

アサカーさん、馬なんか持ってたんだ？　でもどこにいるんだ？

キョロキョロしていると――。

「借りるのよ。馬なんて持ってるわけないじゃない」

デックスは呆れ顔だ。

「借りるって、でもデックスさん、どこで？」

「そりゃあもちろん、貸馬屋よ」


四人で商店街の外れまで歩き、変わった造りの建物の前までやってきた。

店に入ると、中央に大きな通路が延びている。おそらくこの通路を、商品である馬が歩くのだろう。


店員らしい中年のおじさんが、うやうやしく挨拶してきた。

「いらっしゃいませ、本日は馬がご入用ですか？」

「そうよ、鉱山までお願い」

デックスの言葉に頷いて、店の奥の馬小屋に俺達を案内するおじさん。その左腕には、包帯がぐるぐる巻かれていた。

「そちらの方は、初めてお会いしますね。わたくし、セフィーロ貸馬屋の二代目、タフィーロと言います。以後、お見知りおきを」

俺を振り返って、おじさんは頭を下げた。

何か、ビンビン感じるモノがあるなあ。一癖ありそうな人だ。ちょくちょく左腕を押さえる仕草をしているぞ。

「あの……その左腕は？」

聞いてほしそうに俺に視線を送ってきたので、聞いてあげた。

「くっ……これは、わたくしが背負うべき業《ごう》ですので……」

あぁ、何か宿《やど》っているんですね？

「大変ですね」

そうスルーするが、すっごいチラチラ見てくる。しまいには、小声で「静まれ……静まれ……今はまだ……くっ！」とかボソボソ呟き始めた。

デックスが俺の耳もとで「あんたの同類でしょ？」とか言ってくる。

……自分でやっているぶんにはわからないが、他人様のはキツイ。

そう思っていたら、ふと閃いた！

俺はニヤリと笑い、タフィーロさんに顔を寄せて囁く。

「お前さん、その瘴気《しょうき》は隠し切れないぜ。宿りしものが今にもお前さんの腕を食いちぎりそうだ」

「くっ！　ほっといてくれ！」

乗ってくるタフィーロさん。

「ほっといてもいいんだがな、その宿ってるものが解放されちゃ、こっちが迷惑だ。『機関』の連中も黙ってないだろうからな」

「機関だと？　もう追っ手が？」

いい食いつきだ。

「ああ、それなりの使い手が近くにいるみたいだ。お前さんなら、わかるだろう？」

「いや、ノイズが多くてな、コイツのせいで……」

包帯の巻かれた腕を得意気に押さえる。

そんな彼を見つめつつ、俺はしれっと言った。

「お前さんは相棒がまだいないからな。だがお前さんなら感じるはずだ。魂と運命を刈り取る、呪われたデスサイズを！　迎えに行くがいい！　そして奴の名を呼んでやれ！　『ゲートブレイカー』と！」

「デスサイズ……ゲートブレイカー……」

「アサカー鍛冶屋の農機具コーナー辺りに、何やら次元の歪みを感じるな……」

「恩に着るぜ！」

店を駆け出していく際、タフィーロさんは貸馬無料回数券をたくさんくれた。

毎度ありー。

「あなた、案外商売に向いてるんじゃない？」

デックスが呆れていた。あとの二人も同じような顔をしている。

さて、馬を選びに奥へ回ると――。

ナンダコレ……。

そこにいたのは、一頭の……馬、なのか？

見た目は、尻尾が切れたコモドオオトカゲ。

サイズは、普通乗用車の一・五倍。

お尻の辺りにトランク代わりの箱が積んである。背中には、鞍《くら》とあぶみが四つ並び、首には手綱《たづな》が巻かれていた。

「よし、こいつでいいな。行こうぜ！」

店の裏手まで引っ張ってきたところで、一番手前の鞍に座ろうとしたエステアをデックスが止めた。

「待って。イントは馬初めてだから、エステアが運転するとたぶん酔っちゃうでしょ。私が運転するわ」

一番前の席に座るデックス。ここが運転席ってわけか。

荷物をトランクに入れて、席に座り、鞍から伸びている安全バーみたいな棒に掴まる。

全員が乗り終えると、馬が動き始め、すぐに走り出した。

意外と揺れが少ないな。

快適ですね、とデックスに伝えると――。

「じゃあ、走っても平気ね？」

え？

これ、走ってないの？

デックスが手綱を振った直後、馬は急加速した。前方の掴まり棒に頭を痛打したまでは記憶があったが……意識を飛ばして落馬しかけた俺は、手前に座るエステアに襟首《えりくび》を掴まれたまま、目的地まで引きずられたらしい。

――無事、山に到着！

目を覚まし、ウォーターボールで体中の血を洗い流してさっぱりしたので。

「よし！　今日は鉄鉱石とウーツ鉱石をしこたま拾うぞ！」

そう張り切り、前にアサカーさんと行った坑道のほうへ向かおうとした直後、ヴィータの合気道技によって、俺は反対方向に広がる森へと連れていかれた。

閑話《かんわ》　イントの知らない話　その1

二日ほど前、ギルドの一室――。

最も奥まった場所にあるこの部屋は、外からの聞き耳を遮る重厚なドアと壁に囲まれており、窓すらない。

そんな特殊な造りの部屋の主は、机の上にある魔力を付与したランプの下で、書類を眺めながら煙管《きせる》の煙を燻《くゆ》らせていた。そのすぐそばで、若い女性が何やらブツブツと喋り続けている。

部屋の主――ギルドの長である彼は、急成長株であるこの女性ハンターの抗議の声を、聞くともなしに聞いていた。

普段なら、このような未熟な若葉のざわめきなど、涼しい顔で聞き流せる。だが今日にかぎっては、午前中に起こったイレギュラーな出来事のために、彼もいささか余裕を欠いていた。

絶えず囀《さえず》り続ける目の前の雛鳥《ひなどり》に、八つ当たりに近い憤《いきどお》りをぶつけてしまう。

「ワックちゃんや、言いたいことはよくわかった。だがな、再度戦っても結果は同じじゃよ。イントの合格は変わらん。それでもお前さんが再戦を希望するのは、ただ自分がスッキリしたいがためにイントを私刑にする許可をくれ、と言っているのとどう違うんじゃ？　どうしてもやりたいなら町中で奴を襲えばよかろう。じゃが、その瞬間にお前さんはギルド除名、そして懸賞金《けんしょうきん》付きの指名手配になるがの」

ワックと呼ばれた女性は一瞬息を呑んだが、すぐに反論する。

「し、しかし、あんな姑息《こそく》な手段を使う者は……許しがたいです！」

「どっちが許しがたいのじゃ？　その姑息な手段にあっさり負けて泣きベソをかきながら土下座した試験官か？　それとも、開始直後からその場をほとんど一歩も動かず、息も乱さず、審判と雑談しながら、ギルドの若きエースとおだてられた試験官を一蹴した新人のほうか？」

「ぐ……」

「なあ、ワックちゃんや」

「ちゃん付けはやめてください」

「ワックちゃんや、お前さんもう一度やったら勝てると思ってるみたいじゃがの。もう一度やったら……死ぬぞ？」

「そんなことはないです！」

声を荒らげるワック。

「ワックちゃんや、あの男の能力じゃがの、ギルド登録されたことで一般公開しているからお主も知っていると思うが、ボール系の魔法をな、大きくしたり小さくしたり、硬くしたり柔らかくしたり、入れたり出したり、果ては飛ばしたりまでできるそうじゃ。この意味、わかるか？」

「それは……」

「あの試合の時、開始直後に奴が何をやったか、覚えておるか？」

「砂塵《さじん》で目くらましを」

ワックは目を伏せ、屈辱に耐えているような表情になった。

「違うな、奴はちゃんと言っておったぞ？『アースボール』と」

「……」

「そのあとに、ウォーターボールじゃ」

「はい」

「まず、あの目くらましは、一粒一粒が小さいアースボールじゃった。奴はそれを、水でワックちゃんの体中に貼りつけた。靴の中、胸の谷間、パンツの中までな。耳や鼻には、ワザと大きいウォーターボールを出し、それをお主の剣に裂かせて小さなウォーターボールにして入れたのじゃ」

「やはり姑息な……」

歯ぎしりするワック。

「まだわからんのか……まだまだ『ちゃん付け』じゃな。あれは姑息なのではなく、手加減じゃ」

「手加減？」

「あの微細《びさい》なアースボール、靴の中にまで入り込むということは……お主はあれだけペラペラと大口開けて喋っておったからの、アースボールも、唾液《だえき》と一緒に嚥下《えんげ》しておったじゃろうな。呼吸とともに、肺にも吸い込んでおったはずじゃ」

「だから何ですか？」

「果たしてお主の胃は、どこまでの大きさの石にならえられる？　肺はどうじゃ？」

ワックは何か言おうとして、言葉を呑み込んだ。

「試験官が、あの男の命を脅《おびや》かしそうな屈強な男だったりしたら、奴は手加減してくれたかのう？かわいいワックちゃんでよかったの」

「……」

「あのアースボール……たとえば風に乗せて空高く舞い上げ、軍隊の上で大岩に変えたら？　王都の舞踏会で、要人のワインに、演説している貴族の口に、それを聞いている王族の鼻に入れたら……？」

「あ、あの……」

「国の情勢を左右してしまうほどの能力の持ち主がギルドにいる場合、徹底的に特別扱いし、恩を売ることになっている。そしてそうした人物に与えられるランクが──」

「『特A』ですか？」

話を遮ってワックが言う。

「うむ。じゃが見てのとおり、奴はあの調子じゃ。やる気もないし、負けん気もない。なんせ実力の乏《とぼ》しい駆け出し冒険者に『再戦したら勝てる』なぞと思われるくらい、実力を隠すのが巧《うま》いしの……ひょっとしたら、本当に己の実力に気づいておらんのかもしれぬな。ヒヨッコの特Aランク見習いとでもいったところじゃの」

「……」

「ワシ、最近、物忘れが激しくてのう。えーと、ワックちゃんは、何しにこの部屋に来たんじゃっけ？」

ワックは目を伏せる。

「私も忘れました……」

「ここで話した内容は？」

「記憶にございません」

「……ふむ。『ちゃん』が外れるように、精進《しょうじん》するがよい」

「失礼いたしました……」

ワックが重厚なドアを開けて、部屋を出ていく。

いつの間にか火が消えていた煙管に目を落とし、老人は一つため息をついた。

◇◇◇

エンガルギルドの中堅ハンターとして名の通っている三姉妹は、モンスターハントにおいては腕利きのベテランとしてハンター達に認められている。周りから自然に呼ばれるようになった二つ名は「鍛冶屋のデックス・ヴィータ・エステア」だ。

だがそれ以上に、その鬼気《きき》迫る婚活ぶりを恐れられ、呆れられてもいた。

その三姉妹の住まいは鍛冶屋の二階部分。妙齢の女性三人が一つの部屋で共同生活をしている理由は、ドワーフ族の女性は体が小さく、家具も衣類もコンパクトなので手狭に感じないというのが一つ。

仕事は基本的に三姉妹のスリーマンセルで行うので、一緒にいるほうが何かと手間が省《はぶ》けるというのが一つ。

誰かが結婚の抜け駆けをしないか、互いに監視し合うというのが一つ。

だが最大の理由は……嫁ぎ先がいまだに見つからないことである。

部屋での三人の会話は普段であればかしましいのだが、今日の夕食後にかぎっては違った。

それぞれ、何かを考えて押し黙っていた。

やがて、その沈黙に耐えられなくなったのか、末っ子のエステアが口を開いた。

「なあ、どう思う？」

「目的語がないわよ」

長女デックスが素《そ》っ気《け》なく返す。

「イントだよ、わかってんだろ？」

「ヘタレで物知らずで社会不適合者ね」

「今日ワックちゃん泣いてたね。鼻水垂らしながらー、ふふっ」

金髪の次女ヴィータが柔らかい笑みを浮かべる。

「あれはいい薬だろ。あのままだったら、一年以内に死んでたよあの子」

「エステアの言うとおりね。今日だって、調子に乗ってイントを潰そうとしたし。もし実際にそうしてたら、私があの子の左手薬指を切り落としてたわ」

ヤスリで爪の形を整えながら、デックスが言った。

「そのイントだけどよ……あのカードさ、アタイあれ見たことあるんだよ」

「特Aでしょ、エステアちゃん？」

ヴィータが答える。

「知ってんのかよ」

「エステアちゃんが見た時、あたし達も一緒にいたしー」

「『F』の刻印打ってあったけどよ、あり得るか？　初級者用の緑カードが在庫切れだから特Aカード渡すなんてさ」

「エステアちゃんがハンターになった時も、在庫切れしてたでしょう？」

「アタイの時は代わりにもらったのが、木の板だったよ！　三日間だけだったけどな」

「ふふっ、大泣きしたものね。かわいかったわ」

デックスが思い出し笑いをする。

「『これだから末っ子はぁ！』ってねー」

ヴィータもつられて思い出す。

「アタイのことはいいんだよ！」

赤面したエステアが声を荒らげる。

「作業場でのあいつの魔法見たかよ。あんなの、魔法のうちに入らないだろ？」

「エステア、あんた、あいつの造った壁殴って拳ちょっと痛めたでしょ？　ちゃんと冷やしておきなさいよ」

「わかってるよ……でさ！」

デックスが笑う。

「エステア」

デックスが遮る。

「エステア、問題にしたいのはイントの魔法？　それともギルドのランク？」

「それは……」

「今、私達が考えるべきことは一つじゃないの？」

ヴィータがエステアを背後からふわりと抱きしめる。

「エステアちゃん……」

エステアは、ふっと優しく笑い――。

「そうだよな……大事なのは」


「「「逃がさないことだ」」」


ハンター特有の目の輝きが、三姉妹に戻った。

「いざとなったら薬でも何でも使って、なし崩し的に既成事実を作って三人まとめて責任取ってもらえばいいのよ」

デックスが不敵な笑みを浮かべる。

「あたし達はぁ、あとがないの。邪魔者が出てきたら、見えないところで排除《はいじょ》しちゃえばいいしー」

ヴィータも口もとを歪める。

「最終的には、力ずくでガキでも作ればこっちのもんだしな」

エステアは獲物を追う時の表情だ。

暗黒街のボスすら逃げ出すような三姉妹の黒い笑いが収まったあと、甘い時間を期待して、煎餅とお茶を携《たずさ》えつつインントの部屋へ向かう三姉妹であった。

それは彼女達が中二病発病中のインントの後ろ姿を発見する、五分前のことである。

5　殺戮《さつりく》！　らめー！　土芸人！

それは、悪夢のような光景だった。

囲まれたのはいつだろう。

囲まれたタイミングがわかるなら、そもそも囲まれることもないだろうが、三頭の大きな狼が突然目の前に現れ——襲いかかってきたのだ。

それを認識したと同時に、俺の視界をスパイクのついたシールドが覆った。狼の一頭が、そのシールドで叩き落とされる。

まるでそれが惨劇《さんげき》のゴングでもあるかのように、事態は一気に殺戮パーティーに発展した。

まず一陣の風が辺りを吹き抜け、一頭の狼の、四本の足を綺麗に切断した。

残された武器である自身の牙を向ける相手を捕捉する間もなく、狼は鼻先から顎にかけても切り取られてしまった。

その狼は、そこでようやく自分が狩られる側だと理解した。慌てて踵《きびす》を返そうとするが、返す踵がもうないために、その場で腹を見せ仰向けになって、残された足の付け根をバタつかせることしかできない。

直後、狼は「ピウ！」という風を切る音とともに、腹を切り裂かれた。

別の狼は仲間の異常事態に気づく前に、無抵抗な餌《えさ》のように佇む赤髪の少女の、その柔らかそうな腹に牙を立てようとした瞬間、大きな力で頭を殴られた。

すると狼の目は左右バラバラの方向を向いた。

脳幹に強い刺激を受けたことで、神経に異常をきたしたのだろう。足の動きもちぐはぐだ。

そして赤髪の少女に、体中の骨と筋組織を素早く叩き潰されていった。

血液で和《あ》えたカルパッチョの様相を呈《てい》し始めた頃、狼はようやく、何かに許されたように目を閉じた。

その死に顔が、苦しみから解放されたことに心底ホッとしているように見えたのは、俺の同情心のためだろうか？

残りの一頭に目を移すと、すでに終わっているようだ。

金髪少女にブーツを無理やり噛まされ、海老《えび》反りにされたその狼は、血の泡を吹いている。

三人の殺戮者はまるで草原の花を摘むが如《ごと》く、笑いながら狼達の皮を剥いでいく。

まだかすかに息の残る丸裸の狼を、玩具でも見るように眺めて笑う血まみれの三人。彼女達は悪魔を呼び寄せる召喚者なのか、それとも自身が、召喚された悪魔なのだろうか？

「おいダンナ、いつまで落とし穴に隠れてんだ？　これ、ダンナがギルドで受けてきた依頼だろ？」

「あたしが守るからぁ、へーきだよー？」

「イントの造った武器大活躍だったし、あなたが依頼達成したってことにしていいわよ。それにしても、このククリナイフっていいわぁ……」

「ムリムリムリ、自分の流血は慣れてるから平気だけど、人の流血はムリー！」

「イント、人じゃないわ、狼よ？」

とりあえず穴から這い出て、血まみれの三姉妹に水魔法でザバザバ水をかけ、そのあと威力の弱いウィンドボールを連発して乾《かわ》かした。

水をかけられた時は抗議していた三姉妹だが、俺の意図するところがわかったのか、途中からはされるがままになっていた。

「あのー、もう森の中は怖いので、おうちに帰りたいです」

「アタイ達がついてるから平気だって！」

「君達も同じくらい怖いです」

エステアは淀みない動きで俺にアイアンクローをかけ、耳もとで「怖い？　かわいい、の聞き間違いだよな？」と囁く。

ギリギリギリギリ――。

「イタイイタイ！　らめー！」

「もう一度聞こうか？」

「エステアさんはかわいいです！」

デックスとヴィータが近づいてくる。

「も、もちろんデックスさんとヴィータさんもかわいいですよ！」

「あらありがとう」

「いやん、照れるー」

何だろう、この、森の中でゲリラの捕虜《ほりょ》になったような気分は……。

もっとさ、異世界転移主人公ってさ、従順でかわいくて純情でそれでいてえっちなことに興味津々な、「イント様素敵です！　抱いて！」みたいな女の子がワンサカ寄ってきて、町の実力者がホイホイ尻尾振ってえこひいきしてくれる夢のような設定じゃなかったっけ？

チンピラ幼女（見た目）相手に、ゴミ屑《くず》みたいな扱いだよ、俺。

「イント、イント？　なんか失礼極まりない一人称ナレーションの途中で悪いんだけど」

ん？

デックスがこちらを指差す。

え、後ろ？

背後を確認すると、俺達のほうに向かって全力疾走してくる大猪さんが見てとれた。

これは！

こんなシチュエーション、小説で見た！　落とし穴で落としてやるパターンだな！　ギリギリまで引きつけて……集中が大事だ！　相手の動きをよく見るんだ！　怖くない、できる！

　――今だ！

「落とし穴！」

魔法発動！　大猪が目前に迫った瞬間、掻き消えるようにその場から消え去った。

……俺が。

「やっぱムリ！」

すべてをなくすオールナッシングホールじゃなくて、これじゃ「俺がナッシングホール」だ……。

略して――。

いや……やめておこう。

「イント、終わったわよー」

「はーい」

デックスの声を聞いて穴の外に出ると、目の前にはホルモン屋の御主人も貧血を起こしそうなグロテスクな光景が広がっていた。

「猪は肉が高いから皮剥ぎしないんだよ。いつもは血抜きくらいしかやらないけど、今日はダンナがいるからモツの処理もしちゃうぜ。モツは肉屋が高く買い取ってくれるからな。ダンナ、水を頼むよ」

　俺は水をかけながら、エステアに質問した。

「狼の肉は売れないんですか？」

「狼は皮だけさ。皮を剥いで、あとはリリースする」

「リリースはやめてあげてください。風邪ひいちゃいます」

石を変形させて大きな桶を造り、その中で猪のモツを皆で洗うことにした。狼は皮だけ剥いで、あとは俺が掘った穴に埋めた。

「帰ったら焼肉パーティーね、ヨシカーさんのところに行きましょ。猪の血抜きも綺麗にできたし、ほんとにイントの、そのわけのわからない魔法は便利ね」

デックスはモツをザブザブ洗いながら感心している。

「そうなんですかね？　魔法覚えたのは最近だから、よくわからねっす」

「獲《と》れたての獲物をここまで処理したら、きっと普段の三倍の値段で売れるわー。処理はスピードが命だしねー」

ヴィータもニコニコだ。

「ちなみにモツ以外の部分も含めて、全部売ったら、いくらくらいになるんですか？」

俺が聞くと、エステアが答えた。

「討伐報酬が一万くらいで、素材買取りは四十万くらいかな。でもそこまでいかないよ。ある程度捨てていくし」

「え？　何で捨てるんすか、もったいない。苦労して狩ったのに」

デックスがため息をつく。

「あなたは苦労してないでしょ？　確かにもったいないけど、持ちきれないんだからしょうがないじゃない」

ぬう……それは本当にもったいない。

「ポーターがいればいいんすよね？」

「ダンナが持つかい？　鉱石籠一つ持てないのに？」

エステアが笑う。

ここの土でもできるかな、ゴーレム。

俺は五メートルほど後ろにある岩まで歩く。この岩からゴーレムを取り出そう。

「えい！」

身長二メートルほどの、文字どおり岩のような筋肉を持つ、上半身裸の屈強な格闘家が現れた。

頭の部分は、リラックスしたクマだった。

クマは両腕を持ち上げて筋肉を張り出し、ダブルバイセプスから流れるようにサイドチェストに移行する。

「クマ先輩、切れてます！」

俺が叫ぶと、クマくんは満足気にポーズを決めた。

「クマくん、荷物持ちを頼んでもいいかな？」

腕を組んだクマくんは大きく頷く。

クマくんが背負えるか不安だったが……彼は軽々と担ぎ上げた。

すごいなクマくん……いや、もうクマ「さん」だな。

「それでは荷物の運搬《うんぱん》をお願いしますね、クマさん」

三姉妹はポカンとしてクマさんを見ている。

「すごいわね……ゴーレムなんて初めて見たわ」

「クマさん、かわいいわねー」

「ポーターがいるなら、まだまだ狩れるなダンナ！　お手柄だぜ！」

え、「まだまだ」？

ちょ……。

デックスが、高らかに宣言した。

「じゃ、予定変更！　狩りを継続！　エステア、野営の準備！　ヴィータ、トラップお願いね！

私は食事を作るわ！　イント、土魔法で何か面白いことやって！」

……俺は、芸人か何かか？

◇◇◇

土魔法でなんかやれって言われてもねぇ……どうしようかな。

「エステアさん、どこにテント張るんですか？」

「テント？　夜露《よつゆ》がしのげる程度に枝葉を立てかけるだけだぜ、ダンナ。獣とかモンスターとか盗賊なんかが襲ってきてもすぐ逃げ出せるように、音や気配を感じやすくしとかないといけないからな」

えー、寒そうだなぁ。都会っ子にはキツイ。

「あのー、さっき崖の下を通りましたよね？　あそこで野営しません？」

エステアが訝しむ。

「またナンカやるのかい？　ダンナ」

「いやいや、逃げ場を確保するために寒い思いをするくらいなら、はじめから逃げ場で野営しましょうよ」

そう言って俺は崖のほうに向かって歩く。エステアもついてくる。

崖の下に着いたので、早速穴掘りを始める。ちょっと広めの横穴にしておこう。

「ちょ、ちょっとダンナ、罠の位置変更するようにヴィータに言ってくるよ」

エステアがヴィータ達のほうへ戻っていった。

……罠の必要あるのかな？

しばらくの間、一人黙々と穴掘りと硬化の魔法を続けていると、エステアがあとの二人を連れて戻ってきた。

「呆れるわね、こんな短時間で……」

「お手柄ですか、デックスさん？」

「この横穴だったら、敵が入ってこられないように罠は入り口付近だけでいいわね。こっちのほうが断然ラクー」

「ヴィータさん、罠、いらないっすよ？　寝る時は塞ぎますから、こんな感じで」

土魔法で入り口をスパッと閉じて、残した空気穴のそばにファイヤボールで火を灯す。

「もう、家じゃん！」

エステアがはしゃぐ。

「実際こんな感じで、俺、何日か生活してましたから。とりあえずセキュリティは大丈夫です。問題は……虫がスッゴイ寄ってきます」

ヴィータがポンと手を打つ。

「すぐ上に除虫タンポポが自生してるところがあるから、入り口でそれ炊き上げておけば平気よー」

デックスが、考えごとをするような顔をしたあと――。

「明日の夕方までにギルドに報告を入れないと、遭難扱いされるのよね……。まあ、ナナだったら融通《ゆうずう》利かせてくれるかも。前にも勝手に狩りを延長したことあったけど、うまくやってくれたから。そうね……一ヶ月くらいこもれるかしら。いい稼ぎになるわよ」

えー……一ケ月？　やだなぁ。

「いやっす、物置のほうがいいっす。お金にあんまり苦労してないし」

デックスがまたため息をつく。

「いいわ、無理には誘わないわよ。だけど……私達がお願いしても、だめ？」

媚《こ》びるような目で見つめてくる。

「うーん、俺、役に立たないっすよ？　それでもよければ、まあいいですけど……」

「決まりね、ありがとう。あなたのすごいところは、場所がどこであろうと、いつもの生活を貫こうとするところね」

よくわからない評価をして、デックスは料理の続きに戻った。

「野営準備はこんな感じでいいですか？」

俺はエステアに確認をとる。

「ダンナ！　最高だぜ！　細かいとこはアタイがやっとく」

エステアは毛布や枝葉などを穴に運び込む作業を始めた。

自分だけ仕事がないってのは落ち着かないので、ヴィータのところに行ってみることにした。

おっとりしていて口数も多くないから他の二人に比べてあんまり存在感ないけど、そういうキャラにかぎって何かやらかしたりしそうだからな。

「ヴィータさん手伝いますよ？　除虫タンポポでしたっけ？」

近くの草むらにしゃがみ込んでいたヴィータに背後から話しかける。

「あら、ダーリンありがとう。色々と気を使ってもらって」

色々ありますよね。

「そう言えば、さっき罠って聞いたけど、どんな罠を仕掛けるつもりだったんですか？」

ヴィータが勢いよく振り向く。

「ダーリン！　罠好き？　教えてあげる！」

いつもと食いつきが違う……嫌な予感がするな。

いきなりダーリン呼ばわりし始めるし……キャラ固めに必死なのかな？　とか思っていると、突然のアイアンクローが俺の視界を塞いだ。

「ダーリン、なんかえっちなこと考えてる？　明るいうちはだめよー」

ヴィータはニコニコと力を込める。

「ごめんなさい、余計なこと考えてごめんなさい」

えっちなことではないですけどね。

「もう！　それで……罠よね？　野営の時はね、まず『敵を近づけない罠』、次に『仕留める罠』、最後に、『教える罠』の三種類を仕掛けるのー」

「最後の、教える罠って？」

「乾いた枝をばら撒《ま》いたりとか……とにかく誰かが近づいてきたのを教えてくれる罠のことねー」

なるほど。じゃあ今回それは必要ないな。穴倉だし、入り口塞ぐし。

「落とし穴とか、需要あります？」

「うーん、野営ではまず使わないかな。穴を掘る労力が、結果に見合わないから。罠でご飯食べてるプロの人なんかだと、一度掘れば何度も使えるから愛用してるみたいだけどねー」

「二秒で掘れるとしたら、どこに掘ります？」

ヴィータはハッとした顔になった。

「そうよね……さっきダーリンがずっと隠れてた、あの穴よね？」

それからしばらく考え込んでいたと思うと――ものすごく悪い顔をしてニヤリと笑った。

「ついてきて！」


連れてこられたのは、近くの、赤い木の実が生《な》る大樹の前だった。

指定された場所に、指定されたとおりに穴を掘り……。

これ地下駐車場じゃないの？　というくらい深くて大きい穴を掘り終えたところで、何を捕まえるのか聞いてみたが……ナイショらしい。

もう一つ頼まれ、薄い石の板を土から錬成し、その穴に蓋をした。

蓋はヴィータくらいの体重だと平気だが、俺より重いと割れるくらいの強度だ。

下草や枝でカムフラージュし、その真ん中に赤い木の実をばら撒く。

ヴィータは悪党丸出しの顔でニヤリと笑うと、俺の腕を取り、デックス達のところへ歩き出した。

「明日が楽しみねぇ、うふふ」

……怖い。


さて、穴倉に戻ってきたが――次は「近づけない罠」を考えることにした。

さっき取り出したクマさんとは別に、もう一体マッチョ体型のクマさんを作る。そして穴倉入り口の両脇に、阿形吽形《あぎょううんぎょう》の形で置いてみた。

二体とも、顔は相変わらずリラックスしている。

「これはこれで近づきたくないけどぉ……獣とかが近づいたら大きな音がしたり、あるいは初めから近づかないように狼の糞尿《ふんにょう》を撒いたりするのが『近づけない罠』なのよー」

そうなんですか。まあ、近づきたくないなら、結果オーライってことで。

罠作りが終わったものの……暇だな。

食事作りでも手伝おうかと思ったら、ちょうど鍋を抱えたデックスが入り口のクマさん金剛力士を見上げていたので、後ろから近寄って耳もとで「筋肉……お好きですか?」と聞いたら熱湯をぶっかけられた。

食事を作るのは、手伝えませんでした。

やがて日が暮れて、晩御飯を食べようということになった。

料理は採れ立ての山の幸や新鮮な猪のモツが入った鍋だったのだが――これが美味かった。

「意外に美味しいですね、デックスさんが作ったんですか？　意外に料理できるんすね。意外だなあ」

「意外意外言い過ぎよ」

「これはアレですね、こんなに美味しいご飯が作れるなら……」

三姉妹の気配がピンと張り詰める。

「えと……」

俺は本能的に言葉に詰まり、三人を見回した。

「……」

「……」

「……」

狭い空間に殺気が満ちる……ヴィータと、エステアの殺気が。

いたたまれなくなって入り口に目を向けると、二人の殺気に当てられた阿形吽形が抱き合ってプルプル震えている。

俺は地雷を踏んだらしい。

どうにかフォローしなければ。

「あー、えーと……家庭的って素晴らしいデスネ」

首筋にヒヤッとしたものを感じた。

シールドのスパイクが、突きつけられていた。

「家庭的な人をどうしたいの？」

ヴィータの息は荒い。

「料理もいいけど……虫が入ってこないようにするのって、家を守るってことだと思うの」

そう言ってスパイクの先端をチクリと首に当ててくる。

「いーや、寝床に狼の皮を敷き詰めて毛布で包んで快適な住空間を整えるほうが、家庭的だろ？」

ガキンと、手甲のボルトを固定するエステア。

これは……焦って手持ちの地雷を周囲にばら撒いてしまったパターンか？

「か……家庭的で優しい奥さんは、素晴らしいですよね？　癒《いや》してくれる奥さんは素敵だなぁ」

すっと二人の殺気が引いて――戦闘態勢が解除された。

回避できたのか？

「ま、まぁこれくらいの食事は、当たり前でしょ？　バカ言ってないで早く食べなさい、お代わりもあるわよ？」

デックスが場をとりなす。

助かったのか？　言動には細心の注意を払わないと……堕天使が舞い降りそうだ。

気をつけよう。

明日は夜明けとともに行動を開始するそうで、早めに寝ることになった。

だが……寝場所を決める際にまた一悶着《ひともんちゃく》あった。

「俺は向こうの隅に穴掘って寝ますよ？」

「「「そういう問題じゃない！」」」

怒られた。

怖いので三人を放っておいて、その場で寝たふりをしているうちに……本当に眠ってしまった。

明け方――息苦しくて目を覚ますと、呆れた。

三姉妹の寝相の悪さに。

デックスさん、あなたの指が俺の目に入っていますよ。

ヴィータさん、あなたが足を絡めているのは、俺の首です。

エステアさん、おそらく俺の口に突っ込まれているのは、あなたの爪先《つまさき》ですよね？

「死んでまうわ！」

怒鳴りながら全力で振り払っても、誰一人起きる気配がない。

起き上がって入り口まで行き、昨日塞いだ壁に窓を造る。

爽やかな風が吹き込んできた。

朝の澄んだ空気を吸い込むと、気持ちが少し晴れていく。

こんな空気が吸えるなら、異世界も悪くな――。

「アンギャアアおおおおおん！」

……くないな。

一体、何の鳴き声だ？

そのけたたましい声は、穴の外から聞こえていた。

◇◇◇

三姉妹が飛び起きる。

「どこだ？」

「近いわね」

エステアとデックスは穴の天井を見ながらキョロキョロしている。

「ダーリンお手柄ー」

え？

ヴィータが訳知り顔で俺にそう囁き、装備をテキパキと着け始める。

「ひょっとして……昨日の落とし穴ですか？」

「ええ。これでダーリンも、ドラゴンスレイヤーの仲間入りね」

へ？

「じゃ、俺……朝食の準備しときますね」

関わりたくないので逃げようとしたのだが……ヴィータに落とし穴のほとりまで引きずられた。

エステア達もついてきた。


ひいいい！

落とし穴からでっかい頭が出てます！

「翼竜《よくりゅう》を落としたのかよ、やるな！　ダンナ！」

エステアが準備運動を始める。

「翼竜は走って助走をつけないと飛べないのよ。だから落とし穴は有効っちゃ有効なんだけど、この規模の落とし穴は普通掘らない、いや、掘れないわね……」

デックスが呆れている。

いやにデカイなとは思っていたんですがね……。

「ダーリンすごいー！　飛べない翼竜なんてもはや猪と一緒よー」

ヴィータがリュックサックからロープを取り出す。

そのロープでデックスが翼竜のくちばしを縛り上げ、反対側のロープの端を近くの木の根元に固定して、竜の頭を横に寝かせた。

「さ、首を切り離すわよ」

ククリナイフを取り出すデックス。

「あのー、これ使えません？」

俺は彼女に、今成形したばかりの大きめの石を渡す。

「何これ？　ぶつけるの？」

「鼻栓《はなせん》です」

ポカンとしていたデックスだったが……やがてニヤリと笑みを作った。

「これやってみよう。エステア！」

デックスが竜の鼻に栓を詰め、エステアがパンチでそれを押し込む。

さらにヴィータがくちばしの隙間に泥を詰め込んでいく。俺は見ていて怖くなり、自分用の落とし穴を掘って震えていた。

一時間後——翼竜は呼吸困難により、白目を剥いて絶命した。

またもやチート主人公大勝利である。

「さて……一ヶ月こもる予定だったけど、変更ね。町に帰るわよ。翼竜はとくに鮮度が命なんだから」

デックスの言葉に、他の二人が頷く。

帰れるのかあ、よかったよかった。

でもこの翼竜、どうやって運ぶんだ？　貸馬屋で借りた馬は昨晩帰らせちゃったんだよな。この世界の馬は頭がいいみたいで、自分一人で戻ることができるらしいから。

うーん、運搬手段をどうするか……やっぱり、ゴーレムかな。

俺は新たに、屈強なクマさんを二体用意した。

阿形吽形を含め、リラックスな金剛力士がこれで四体――ちょっと恐ろしい光景だな。

クマさん達は翼竜を穴から引きずり出し、テキパキと梱包《こんぽう》していく。

ロープで縛られてコンパクトになっているにもかかわらず、竜はワンボックスカー並みに大きかった。途中でロープが足りなくなり、木に巻きついていた蔓《つる》まで使って縛り上げなければならなかったほどだ。

ヴィータに頼まれ、大きくて薄い鉄板を錬成した。その鉄板を、彼女は竜の体の下に敷く。体に傷がつかないようにするためらしい。

クマの金剛力士隊に鉄板ごと翼竜を引きずってもらい、さらに猪のモツの残りと狼の肉も石桶ごと抱えていただいて、エンガルの町まで歩いて帰った。

商店街の中をギルド目指して、この百鬼夜行《ひゃっきやぎょう》をしていると、あちこちから「鍛冶屋の……」という囁き声が聞こえてきた。三姉妹が婚期を逃している原因は、この辺にあるような気がするな。

ギルドに到着し、狼討伐依頼の終了報告と、翼竜の売却申請をした。

仕留めてから半日以内の無傷の翼竜は、すぐにギルドの特大冷凍庫に入れられ、都会の大手の肉屋なんかに向けた競《せ》りにかけられるらしい。

バラバラに解体した状態なら、この町の店でもパーツごとに買い取ってくれるらしいが、丸々ではとても無理だそうだ。

応対してくれたナナさんは普段は落ち着いている印象だが、さすがに無傷の翼竜には興奮したのか目をギラギラさせていた。

「こんなに稼いだら、自家用馬も夢じゃないわね……」

彼女はそう言ってニヤニヤしていた。

自家用馬かあ。それがあったら、今回みたいに急に狩猟期間を延ばす時に馬だけ先に返す必要がなくなるからラクでいいよな。俺は中身が現代っ子の四十五歳なので、徒歩での山の登り下りはきついっす。

馬は頭がよくて人なつっこいので、かわいい。

野生馬はかなり恐ろしく、捕まえたあとに美味しい餌を食べさせながら口頭で説得して自家用馬になってもらうのだとか。

この世界の馬は卵から孵化《ふか》するみたいで、そうすると実際に乗れるようになるまでに十年以上かかるため、「孵化モノ」はかなり高価だそうだ。馬ディーラー店でくらいしか手に入らず、しかも高いので、庶民にとってはほとんど夢みたいなものらしい。

帰り道、ヨシカーさんの肉屋さんに寄って、猪のモツと狼の肉を卸した。

ヨシカーさんはモツを見て「これはいいな、お疲れさん」とだけ呟いていた。

素っ気ないなあ、と俺は思ったのだが、エステアが言うにはリアクションがあることがまず珍しいとのこと。

そしてやっと仮住まいの我が家——物置に帰り着いた。三姉妹は自分達の家に帰っていった。

ふうぅ、疲れた。

でも、大冒険の主人公になった気分を満喫《まんきつ》できたな。

さて——。

冒険が終わったあとのお楽しみ……ステータスチェック！

【名前】　イント
【年齢】　２０
【レベル】　１
【職業】　ハンター？
【ＳＴＲ】　１０
【ＶＩＴ】　２０
【ＤＥＸ】　５
【ＩＮＴ】　１５００

【ＣＨＡ】２０
【魔法】土・火（ファイヤボール）・水（ウォーターボール）・風（ウィンドボール）
【スキル】隠密・土下座・妄想・空間付与・鑑定・魔力操作
【加護】土・ＯＬ女神（健康・長生き・レベル・サラミ）
【称号】赤土の悪魔・ドラゴンスレイヤー（便乗）

何だよ、もー！　あれだけ苦労と恐怖を味わったのに、レベルもステータス値も上がってないのかよう！　しかも「ドラゴンスレイヤー（便乗）」ってなんだよ！　もっとチート主人公っぽくポンポンレベルアップしてさー、女の子にモテモテでさー。

一人クヨクヨしていると、誰かがドアをノックした。

こういうタイミングでの訪問者って、大抵《たいてい》アレだよね？　新キャラ投入！「私をお嫁さんにしてください」的な！

イソイソと身なりを整えてドアを開けると……そこにはボロボロのローブを身に纏《まと》い、右腕に包帯、肩にデスサイズを担いだ、貸馬屋のタフィーロさんが立っていた。

6　お願い！　召喚！　対策！

「同志！　機関に追われている！　かくまって――」

ドアを閉めた。

鍵もかけたが、ノックの音が止《や》まない。

ドンドン！

ドドン！　ドンドンドン！

カカカッカ！　ドドンドドンカカカッカ！

「楽しくなってきてんじゃねーよ！」

ついドアを開けて、ツッコミを入れてしまった。

「同志！　邪魔するぞ！」

無理やり入ってくるタフィーロさん。

バキバキバキ……肩のデスサイズが入り口を破壊する。

「む、相棒が失礼した」

「もういいですよ。それで、どうしたんですか？」

デスサイズを置き、タフィーロさんはフードを脱いだ。

「実は……ハンターギルドの試験を受けたい」

「受けてください」

「それがな、先代——父セフィーロに反対されてな」

「諦めてください」

「同志！　何度訪ねれば、話を聞いてくれるのだ？」

「来ないでください、家が壊れます」

「それでだな同志！　一度だけチャンスをもらったのだ！」

「大体タフィーロさんは、商業ギルドに登録してるんじゃないんですか？」

「もちろんそうだが、ハンターギルドにも並行登録したいのだ」

「なぜそんな面倒なことを？」

「うむ、こう、自己紹介の時に間違ってハンターとしての名刺を出して、『おっと失礼、昔のことです。今は一介の貸馬屋です』と言うとカッコいい」

「帰れ」

「いや、それだけではない！　二つ名が欲しいのだ。同志！　頼む手伝ってくれ！」

「同志同志言うな」

「この相棒を紹介してくれた時、ピンときたのだ！　同志だと」

タフィーロさんはデスサイズをさすりながら声を張り上げる。

「ピンと来ないでください」

「同志、このゲートブレイカーだが……三十万は、いささか高いと思わんか？」

アサカーさんめ、いいカモだと思って吹っかけたな！

「ぐ……じゃあ、これもつけます」

俺は秘蔵の指抜きグローブを差し出す。

「おおお！　これは！　さすが同志、わかってるな！」

「あとデスサイズの柄ですが、ボロボロの包帯をクルクルと巻いて、端っこを風になびかせると一層よろしいかと……」

頷きながら懸命にメモをとるタフィーロさん。

「これくらいで勘弁してください」

しかしタフィーロさんは首を横に振る。

「同志がハンター試験を受けて二つ名を手に入れたと聞いて、我慢できなくなってな。頼む、二つ名が欲しいのだ！」

「俺、試験の時に両腕折られましたよ？」

「ぐ……それくらい我慢する！」

「まあ、とりあえず試験官に勝たなくてもいいんです。実力を示すことができれば、それで合格するみたいですよ」

「だが、それでは二つ名はつかないかもしれんではないか。試験官に、劇的に勝利せねば二つ名は……」

こだわるなあ。でも、わかります。二つ名は憧れマスヨネー。

「じゃあ、勝つしかないですねぇ」

「うむ、それしかない。同志の持つ二つ名に憧れてしまったのだ」

えーと「赤土の悪魔」ですよね？　由来を知ったら考え変わると思いますけどね。

「うーん……じゃあ、ひとまず先輩ハンターに相談してみます？」

タフィーロさんは目を輝かせて何度も頷いた。

◇◇◇

俺は三姉妹を物置に召喚した。

「何、男を引っ張り込んでるのよ？」

「人聞きが悪いです、しかも相手はタフィーロさんですよ？」

俺がことの起こりから説明していると、デックスが口を挟んだ。

「大体ねぇ、そんな邪《よこしま》な考えでハンター試験を受けるなんて――」

「そちらのデスサイズを三十万でお買い上げいただいてます」

「で、私達に何を聞きたいの？」

切り替え速くて助かります。

「ここは、手っ取り早く三姉妹のどなたかに試験官になっていただき、出来レースをお願いしたいと思いまして」

「「「却下《きゃっか》」」」

俺の案に即答する三人。

「試験官が負けるなんて、あり得ない」

エステアが肩をすくめて言う。

「そんなにマズイことなんですか、試験官が負けるのって？」

三人は苦笑いする。

「試験官はね、新人をさんざんあしらったうえで合格を出すものなの。負けるなんて、よっぽどよ？」

「もし負けちゃったら、鼻水垂らして泣いちゃうくらい悔しいかもねー」

「アタイならハンター辞めるな。まあ負けないけど」

そういうもんなのか。残念。

「試験官はね、ギルドからの正式な依頼なのよ。だから公募になるわ」

「あー……そうなんですか」

申し訳なくなってタフィーロさんに視線を移すと——寝ていた。

エステアに目配せする。

彼女は弾丸のような音がするデコピンで、タフィーロさんを起こしてくれた。

「タフィーロさん、『敵を知り、己を知れば何とかなるかもしれない』というような言葉があります。まずは己を知ることから……ぜひ、ステータスの開示をお願いしたいのですが」

「うむ、書き出そう」

タフィーロさんは物置の隅っこから引っぱり出してきた「アサカー春の鍛冶祭り」のチラシの裏に、自身のステータスをサラサラ書いていく。

念のためこっそり鑑定してみると——おおむね合っているが、数箇所《かしょ》盛っている感じだった。

鑑定結果は次のとおり。

【名前】　タフィーロ
【年齢】　39
【職業】　ハンター？

【ＳＴＲ】３０
【ＶＩＴ】２０
【ＤＥＸ】２０
【ＩＮＴ】４０
【ＣＨＡ】５０
【魔法】生活魔法・火（ファイヤボール）
【スキル】投げ縄《なわ》・荷物梱包・マタドール
【その他】状態異常（中二病）

手渡されたメモを見ながら、俺は気になったことを聞いた。

「あの、タフィーロさん？　このスキルですが、これって馬関係ですか？」

「そうだ。馬を捕まえるのに必要で必死に覚えたのが、『投げ縄』と『マタドール』。『荷物梱包』は馬で荷物の運搬をやってるうちにな」

「『マタドール』って、どんなスキルなんですか？」

「野生の馬を捕獲《ほかく》する際に使うスキルだ。怒り狂った馬を、ある程度操《あやつ》ることができる」

「じゃあ、怒り狂った人間はどうです？」

「我を忘れるくらい怒り狂えばできるかもしれんが……わからん。馬以外で試したことはないんでな」

ステータス値を見るに確実に非力で、そのうえ攻撃関係スキルは皆無《かいむ》……。

デスサイズは飾《かざ》り物に決定だな。この人、振り回すこともできないんじゃないか？

「タフィーロさん、諦めましょう！」

「いやいやいや同志！　もし二つ名を獲得できたら、同志専用の馬をプレゼントしよう！　維持費用も、うちで面倒を見るぞ！」

三姉妹がピクリと反応したと思ったら、デックスがドンと胸を叩き――。

「任せておきなさい！　イントが必ずやり遂《と》げるわ！」

「ちょちょちょちょ……」

「大丈夫よー、ダーリンが何とかするからー」

俺はヴィータに押さえ込まれる。

「そうと決まれば、早速作戦会議だな！」

エステアもノリノリだ。

専用の馬につられたな、この三人。

「ムリですよ、どんな試験官に当たるのかもわからないんでしょ？　対策の立てようがないです」

「じゃあどんな試験官なら可能性があるのよ、イント？」

「そうだなあ……直情型で目先しか見えてなくて、プライドが高くて、調子に乗りやすい人なんか理想です」

「……心当たりがあるわね」

デックスの呟きに、エステアとヴィータが頷く。

「で、イント、そういう奴を引っ張り出せれば、あとは何とかなるの？」

そう聞いてくるデックス。

「できればその人のデータがあったほうがいいですね、どんな技を使うか、とか知りたいので」

「データならあるじゃない。ていうか、あなた、知ってるでしょ」

「え？」

「その条件にぴったりなのは、あなたが泣かしたあの試験官よ」

えーと、ワックちゃん、でしたっけ？

「あー……確かにぴったりですね」

「そうでしょ、たぶん最適よ」

でもあんまり気が進まない……執念深いタイプっぽいし。また負かして、恨《うら》まれたりしたら嫌だな。戦うのはタフィーロさんだから、俺が関わってるってバレなければいいだけだが。

……まぁ、こっちの世界に来てから、不本意ながらタフィーロさんが初めてできた友人（？）だから、チョットだけがんばってみようか。

「あの、それじゃあ……」

俺はボソボソと考えを皆に伝える。

全員が納得したところで、作戦会議は終了した。

「それでは、明日から特訓です。いいですね？　タフィーロさん」

「特訓、か……いい響きだ」

遠い目をしてどこかを見つめるタフィーロさん。

「では俺は、これから小道具作りを始めますので、また明日来てください」

俺達は、意気揚々と帰っていくタフィーロさんを見送った。

そして――一週間ほどの地獄の特訓が始まった。

◇◇◇

一人の少女が、全身にうっすらと汗をかきながら剣を振るっている。

ここは、エンガルギルドの演習場。

地面は砂で覆われていて、広さは、野球をするには少し狭いと感じる程度だ。

演習場は普段であれば、ルーキーの鍛錬や、ギルドの依頼遂行の最中にケガを負ったハンター達のリハビリリに使われている。もちろん、ギルド登録希望者の試験会場としても。

そのため、いつでも数名のハンターの姿が見られるのだが……今朝にかぎっては少女一人だ。

少女は、猛然《もうぜん》と剣を振るい続けている。

まるで、先日の忌《い》まわしい記憶を振り払おうとするかのように。

まだ成人前であるにもかかわらず、少女の実力は突出していた。成長速度も群を抜いている。

ゆえにギルドでは期待のエースと目《もく》されていたのだが……有頂天《うちょうてん》になっていたその鼻っ柱を、先日ポッキリ折られてしまったのだ。

少女は、ふいに視界の端で黒い物体が動いたのを認めた。

剣を振るう手を止める。

安全を考えて周りに人がいないことを確認し、さらに周囲の気配を意識しながら素振りをしていたはずなのに……その物体は驚くほど近くにあった。

それは、一人の女の子だった。

黒髪でパッチリとした目、整った顔立ち。身を包む黒っぽいハンター御用達《ごようたし》の作業服といかついブーツとのアンバランスさが異様にも見える。

まったく気配を感じさせず、霞《かすみ》のように現れたこの少女の名はデックス。正確には「少女」ではなく、そこそこの年齢なのだが。

彼女はエンガルギルドでは有名な腕利きハンターだ。

今まで剣を振るっていた少女は、かつて町で見かけたこのデックスに憧れて剣をとり、女だてらにハンターの世界に飛び込んだのだった。

だがその後、デックスの決して真面目とはいえない仕事への姿勢に落胆《らくたん》し、理想的な女ハンターとしての生き方を追求するために、この先輩ハンターのことは反面教師として見ることにしていた。

デックスが、少女にニヤリと笑いかける。

「ねぇワックちゃん？　人の気配くらい感じながら練習しないと危ないわよ。気配も察知できないんじゃ、練習にもならないけど」

もっともなことを、反面教師としていた者に指摘され、恥ずかしさと悔しさからワックは——自分の未熟さを省《かえり》みることなく、つい言い返してしまった。

「言われずともわかっています！　わざわざ気配を消して近づいてきたと思ったら、そんなことを言いにきたんですか？　お忙しいはずの大先輩が！」

トゲを含むその返答にもデックスはコロコロと笑う。

「この程度で『気配を消した』とか……よほど感覚が鈍いのかしら？　ねぇ、エステア？」

ワックはハッとして横を向く。

エステアと呼ばれた赤髪の少女が、いつの間にか傍《かたわ》らに立っていた。デックス同様に作業服だが、肘から拳にかけて、燃えるような赤色の手甲を着けている。

彼女はワックの剣を覗き込む。

「ずいぶん手入れの悪い得物を使ってんだな？」

を探る。

エステアの言葉に顔を赤らめるワック。反射的に剣を背後に隠しつつ、視線を巡《めぐ》らして別の気配を探る。

ワックは知っていた。この二人がいるということは、もう一人いるはずだと……ふいを突かれるのを恐れ、狼狽《ろうばい》しながら辺りを素早く見回した。

エステアとデックスは妖艶《ようえん》な娼婦《しょうふ》のような笑みを浮かべ、「何を探してるの、ワックちゃん？」と聞いてくる。笑ってはいるが、二人からはチリチリとした殺気が感じられる。

彼女達は、明らかに怒っている。

ワックはこの姉妹の恨みを買った理由に、心当たりがあった。

彼女達の夫を潰そうとしたのだ。

だが、結局そんなことはできなかった。その夫に、むしろ完膚《かんぷ》なきまでに叩きのめされてしまったのである。自分がどうやって敗《やぶ》れたのか、試合後にギルドマスターから解説されるまでわからないほどの完敗だった。

禍々《まがまが》しいまでの殺気が、ワックを包んでいる。

彼女は恐怖のあまり膝から力が抜け――ペタリとその場に座り込んだ。

耳もとで囁く声が聞こえる。

「探してたものは見つかった？」

何度も確認したはずの背後に、口角を三日月《みかづき》のように吊り上げた金髪の少女――ヴィータが微笑んでいた。

本来の身長はワックのほうが高いが、今はあらゆる意味で見下ろされていた。

三人の殺気は止まることを知らず、どんどん増していく。

逃げようにも、すでに腰が抜けていて、ぶざまに地面の砂を引っかくことしかできない。それでも目尻に涙をためて必死で這ったが、顔を上げると、三姉妹が三方から見下ろしていた。

助けて。

顔を伏せ、絶望の淵《ふち》で神に祈りを捧《ささ》げようとしたその時——カードをひっくり返したかのように、三人の殺気が薄れた。

束《つか》の間《ま》、呼吸を忘れていたワックは、酸素を求めて大きく息を吸った。

四つん這いになった彼女の左手の上に、ブーツがそっと乗せられる。そしてゆっくりと、体重がかけられていった。

痛みに思わず見上げると——ヴィータが天使のような笑みを浮かべている。

「ワックちゃん、ねぇ、ワックちゃん？」

ワックは掠れた声で答える。

「はい……」

一層優しく微笑みながら、ヴィータはこう言い放った。

「お前みたいな軟弱な奴が、ギルドの評判を下げるんだ。とりあえず死んでから反省しろ」

そのセリフは、かつてワック自身が、彼女達の夫に向けて吐いた言葉だった。

それが、一言一句違《たが》えることなく、彼女自身に撥《は》ね返ってきたのである。

あの時ワックが放った言葉の重さが、今、数百倍になって彼女の心にのしかかる。

ヴィータのブーツの爪先に、ポタリと涙が落ちた。

恐怖の涙ではなかった。後悔の涙だった。

ワックは、このような死の間際になって、ようやく今までの己の行いを悔いたのだ。

彼女は観念した。

自らの死を受け入れたその瞬間——左手を圧していた痛みが消えた。ブーツがどかされたのである。

三姉妹が天使の笑みを浮かべながら、しゃがみ込んだ。

金髪の天使が言う——「あなたはここで終わる子じゃない」。

赤髪の天使が続く——「お前ならきっとアタイ達のところまで来られるさ」。

黒髪の天使が締めくくる——「まだ間に合う。もう一度、やり直せるわ」。

ワックはまるで天啓を受けた敬虔《けいけん》な信徒のように、全身を震わせて天使達に祈りを捧げた。

「ありがとうございます、ありがとうございます……」

黒髪の天使から、さらなる天啓がもたらされた。

「さっき受付カウンターで見たけど、一人、試験官の募集があったわね……やり直すにはちょうどー──」

そこまで聞いたワックはいきなり立ち上がった。

「それは！　私に再度与えられた神からの試練です！　他の者に渡すわけにはいきません！」

三人に深々と頭を下げ、ワックは演習場をダッシュで去っていった。

「鼻水キチンと拭いてねー」

ヴィータが手を振る。

「直情型は一生直らねえな」

エステアが呟く。

「でも調子に乗らなきゃいいハンターになるわよ、あの子。本物のエースになる日が楽しみだわ」

デックスが微笑んだ。

「何を爽やかにまとめようとしてるんすか。やり過ぎですよ……」

近くの落とし穴に隠れてことの次第を見守っていたイントが、そう漏らした。

◇◇◇

今日は朝からいい天気だ。

ポカポカと太陽が照りつけ、小鳥達も機嫌よさそうに囀《さえず》っている。

俺とタフィーロさんは、ギルドの建物の前にいた。

「今日は試験日和《びより》っすね、タフィーロさん？」

タフィーロさんはロボットのようにカクカクと頷きながら――。

「オ、オウ、キョウハヨキヒヨリダナ、ドウシヨ」

「タフィーロさん、字面《じづら》が読みにくいっすよ？」

彼はガチガチに緊張していた。

まったく……。

「タフィーロさん、次元の歪みが――」

「何？　もう追手が？」

相変わらず食いつきはいい。これなら大丈夫そうだ。

「漆黒のゲートブレイカーの使い手よ、お前さん、やれるのか？」

タフィーロさんはローブを目深にかぶり直してから、俺の問いに答える。

「同志よ、命をかけるにはよい日和だな……」

「では、手はずどおりに……」

「心得た」

タフィーロさんは一人、ギルドの建物に入っていった。

演習場の中央に、ギルドマスターのササクさんとワックちゃんが並んで立っている。

ワックちゃんはいささか緊張した面持ちで。ササクさんは、いささか脱力した表情で。

タフィーロさんを見送ったあと、俺は裏から直接演習場にやってきて、彼らから少し離れた見学スペースに座った。

審判役のササクさんから試合の注意事項を聞いたタフィーロさんは、試合開始直前になって、待ったをかけた。

「マスターよ、我《われ》の攻撃はいささか広範囲なので、少し離れていてほしいのだが」

ササクさんはピクリと眉を上げた。

「構わんが……万が一の時には、審判として止めに入るぞ?」

「そこの試験官殿は、自制ができぬほど未熟ではないだろう?　あと……試験官殿に一つ頼みがある」

ワックちゃんは自制云々の台詞を聞いて、鼻の穴をピクピク広げている。

……もう怒ってマスネ?

「頼みごと?　何だ?」

ワックちゃんが答える。必死に冷静を装っているのが、表情から丸わかりだ。

タフィーロさんは、手に持ったデスサイズを軽く叩いた。

「我の武器はこれでな。当然試合にはこいつを使いたい。だから試験官殿にも、自分の武器を使ってほしいのだ。刃引きをしていない、真剣をな」

ワックちゃんはこめかみを押さえる。

「意味がわかってて言っているのか？　貸馬屋よ」

ワックちゃんは完全に怒っている顔だ。ムリもない。

「別に殺し合いをしたいというわけではない。我の腕を、真剣で受けてもらいたいだけなのだ」

「事故もあり得るぞ？」

「試験官殿の腕を信じている。攻撃も……防御もな」

ワックちゃんは無言のまま踵を返してギルドの建物に向かっていく。

しばらくして、自分の剣を携えて帰ってきた。

「ありがたく思うぞ、試験官殿」

タフィーロさんが不敵に笑う。

「じゃあワシ、見学席におるから。適当に始めてくれ」

ササクさんは中央に二人を残してその場を離れ、トコトコと見学席に向かって歩いてきた。

そして俺の隣に座った。あの、席、向こうのほうも空いてますよ？

「……お主の筋書きか？」

視線をこちらに送らずに、ボソボソと呟くササクさん。

「すいません……」

「困ったのう、こんなヤンチャは、これっきりにな」

ため息をついた。

「はい。彼にはハンターの権利の即時放棄を約束させてあります。受かったら、即引退です」

「ほほう。まあ、あやつは貸馬屋で働くのが一番じゃろうからの」

ササクさんは顎ヒゲを撫でながら頷いている。

「で、今回はどんな姑息な手段をとるんじゃ？」

う……姑息って。怒ってらっしゃる？　逃げたほうがいいかな？

「あー、人間にしか通じない手段ですねえ」

俺は演習場中央の二人を見つめたまま言う。

タフィーロさんがワックちゃんから少し離れ、向き直った。

試合開始だ。

ローブの裾を広げ、内側に大量に吊るされた禍々しい形のナイフを十本ほど取り出すタフィーロさん。

それを見てワックちゃんが苦笑する。

「投げナイフか？　そんなものが私に当たると思っているのか？」

「やってみなければわからん」

タフィーロさんは勢いよく腕をしならせ、ナイフをまとめて投げつけた。だが一本も掠ることなく、ナイフはワックちゃんの体の左右に散らばる。

「ははは、貸馬屋よ、練習はしてきたのか？　掠りもせんぞ？」

ワックちゃんはその場から一歩も動かない。

タフィーロさんは気にした様子もなく、時計回りに九十度動き、また別のナイフを取り出して放った。

放られたナイフの刃は、キラキラと光っている。

「貸馬屋、ナイフに何か仕込んでいるな？」

ワックちゃんも気づいたらしい。

タフィーロさんは質問に答えず、また別の方向に数本のナイフを投げつける。

呆れたようにため息をついたあと、ワックちゃんがゆっくりと前に出ようとした。

それを手で制しながら、タフィーロさんは言った。

「試験官よ、動かぬほうがいいぞ。動けば、足が切り落とされる」

ワックちゃんは足を止め、辺りを見回す。

今、彼女の目には、怪しく光る極細の鉄線が映っていることだろう。

タフィーロさんは続ける。

「見えるか？　その鉄線はな、ワイヤーと言う。非常に細いが、それ一本で獣の首をカンタンに切断できる優《すぐ》れものぞ」

俺が教えた台詞まんまだ。一週間でしっかり覚えてきたな。

ササクさんがこちらに顔を向ける。

「そんな危険なものを、お主……」

「えと、すいません……うそです」

「うそ？」

「はい、そこそこ丈夫ではありますが……引っ張れば普通に切れます」

こちらの作戦を理解したのか、ササクさんはまたため息をついた。

「あんまりうちの若手をいじめんでくれ」

「これっきりにしますので……」

「なら、いいが」

顔に脂汗《あぶら》を浮かべたワックちゃんは、迂闊《うかつ》に踏み出さないよう、爪先をじりじりと砂に埋めている。

そんな彼女に、タフィーロさんが言った。

「さて、下準備はこれくらいにして……ところで試験官殿、あなたは素晴らしい身体能力を持っておられるようだな？」

「……修練の賜物《たまもの》だ。血を吐くほどの鍛錬の末にようやく獲得した。日がな一日馬の相手をしているお主には無理な話だろうが」

唐突な質問に首を傾げながらも、ワックちゃんは答える。

タフィーロさんがニヤリと悪い笑みを作った。

「その身体能力……我にくれないか？」

「何をバカなことを」

肩をすくめるワックちゃん。

「さきほどから、何かいい匂いがしないか？」

「何だと？」

「花の蜜《みつ》のような……いい匂いがしないかと聞いている」

ワックちゃんは鼻をクンクンと鳴らす。

「なぜ、我が、ずっと風上《かざかみ》に立っていると思う？」

「貴様、まさか……」

慌てて口と鼻を覆うワックちゃん。

その様子を見て、ササクさんが俺に顔を向ける。

「毒か？　種類によっては、規則違反で失格じゃぞ？」

「効能は……蟻と蝶《ちょう》が寄ってくるだけです」

そう、毒なんかじゃない。ただの蜜だ。

「そういうことか……」

ササクさんは呟き、中央の二人に視線を戻した。

「貴様……毒なぞ使いおって……」

ワックちゃんがタフィーロさんを睨みつけている。

「毒といっても、かなり薄めてある。体力を著《いちじる》しく奪うだけだ……馬用だがな」

「卑怯な……」

「どう呼ばれようと構わぬ……しょせんは血塗られた運命《さだめ》だ」

ワックちゃんはギリギリと剣を握りしめ、悔しそうに顔を歪める。

「試験官殿、剣を落とさないように気をつけてくれ。自分の足の上に落としたりしたら、大怪我になってしまうからな」

タフィーロさんの挑発に、ワックちゃんの剣がブルブルと震える。今にも取り落としそうだ。

「あの震えよう……イントよ、本当に毒を使っておらんのだろうな？」

「使ってませんよ、ササクさん。手で口を押さえて呼吸を制限した状態で重い剣を力いっぱい握りしめれば、そりゃあプルプルもしますよ」

「じゃろうなぁ……」

タフィーロさんが、片手を前に突き出して言った。

「魂の契約者よ！　今こそ我が前に顕現《けんげん》せよ！　この愚かなる者を贄《にえ》として捧げん。喰らい尽くすがいい！」

ワックちゃんの眼前に、小さな火が灯る。

「我は、この世を漆黒に染めるために生まれた。さあ、仕上げだ。その炎に身を委《ゆだ》ねるがいい、試験官殿。すべての魂よ……闇に染まり燃え尽きろ……その力よ、我が糧《かて》となれ！」

「あの火、あれは何じゃ？」

ササクさんがまた聞いてくる。

「明かりとりにしか使えないファイヤボールです」

軽い酸欠状態で暗示にかかったワックちゃんは、懸命にその炎に抵抗している。

「しょうがない、無理にでも、その炎に触れてもらおう」

タフィーロさんはローブの懐から投げ縄を引っ張り出し、自分の頭上で巧みに回し始めた。上手だな。さすが本職。

「あれも、普通の縄なんじゃろ？」

「いえ……あれだけ違います。鉄線で編《あ》んだ縄の外側を、荒縄でカムフラージュしてあります」

「なるほど……戦術か」

「ペテンです」

俺がそう言ったと同時に、タフィーロさんが、振り回していた投げ縄を放った。

「くっ！」

剣を構えたままの状態でスッポリ捕らえられたワックちゃんは、慌てて縄を切ろうとする。

彼女は数日前の朝、この演習場でエステアから指摘されたために、剣の手入れを入念に行っていた。

最寄りの鍛冶屋――「アサカー鍛冶店」で……。

必死に縄に刃を立てるが、内側に仕込まれたワイヤーに阻まれて切ることは叶わない。きっと本人は、毒のせいで力が出ないのだと思っていることだろう。

「くっ、毒さえなければ……卑怯者め！」

「事前に確認したが、この薬は使用してもいいそうだぞ。ギルドのお墨付きだ」

とうとう剣を取り落とし、次々に縄を放られて雁字搦《がんじがら》めになったワックちゃんは、その場に膝をついた。

「ふっ、神に見捨てられし哀れな天使よ……闇の支配者に喰われるがいいっ！」

彼女の死角に回り込んだタフィーロさんは、そのまま駆け寄り、「荷物梱包」のスキル発動で完全捕縛！

ちなみにゲートブレイカーことデスサイズは、最初から最後まで地面に置きっぱなしでした。

さて、この辺で失礼しますか……。

「それじゃササクさん、私はこれで」

ササクさんはひらひらと手を振る。

「まぁ筋書きを作ったとはいえ、実際にお主があやつに提供したのは武器だけじゃしの……今回だ

けは目をつむっておくわい」

彼にぺこりと頭を下げて席を立つ。演習場を出る時、背後から「試合終了」と言うササクさんの声が聞こえた。

7 V8！ 下りのスペシャリスト！ ロータリー！

タフィーロさんは、膝を抱えたまま横向きに寝ていた——俺の物置で。

彼は涙を流し、ブツブツ何かを呟きながら、黒いオーラを放っている。

試験には無事合格し、試験官に勝ったということで二つ名もついたのだが……それがお気に召《め》さなかったらしい。

「漆黒の……」とか「堕天の……」とかそういうのを期待していたみたいだが、そもそも二つ名というのは自分でつけるものではない。あくまで第三者が呼び始めるものだ。

俺みたいに素性《すじょう》のよくわからない奴は別として、基本的にはその人の特徴がそのまま二つ名になることが多いのだろう……タフィーロさんについた二つ名は「貸馬屋の……」だった。

貸馬屋のタフィーロさんはそれが気に入らなかったようで、朝から仕事もせずにふてくされているのだ。俺の部屋で。

気持ちはわからんでもないが……鬱陶《うっとう》しいことこのうえない。

しかし「自家用馬のためだ」との三姉妹の命令で、俺は朝から彼を慰《なぐさ》め続けている。当初の約束は「試験に合格することを手伝う」ってことだけだったはずなのだが……何で俺がその後のケアまでしなきゃいけないんだ？

で、三姉妹はというと……朝からどこかへ遊びに行ってしまった。

昨日の午前中、タフィーロさんが試験官を倒したということでギルドは大騒ぎになった。でも「午後に、馬の調教で右腕に大怪我を負った」という理由で、彼はハンター資格の即日返上を願い出た。もちろんその申し出は受諾《じゅだく》された。

右腕に包帯を巻く正当な理由ができたので、その点は本人も喜んでいた。

ワックちゃんには今回のお詫びに、俺とアサカーさん共作のダマスカス製ハンターナイフをプレゼントした。激励という形で三姉妹からそれを渡されたワックちゃんは、当初涙と鼻水を流して喜んでいたそうなのだが、俺が制作に関わったと知ると微妙な顔になったらしい。そうですか……。

なんか、タフィーロさんを慰めるのにもいい加減疲れてきたな。

「タフィーロさん、いつまでここにいるんですか？」

「我はしばらく働きたくないでござる」

取りつく島もない。

「あ、そうだ。俺、馬のこと詳しくないんですよ。馬のこと、教えてくれません？」

タフィーロさんはチロリとこちらを振り向く。

「馬のこと？」

「そうです、馬はカッコイイっすよね。あの存在感とか、地面スレスレを滑るように走るとこ
とか」

タフィーロさんはむっくりと体を起こすと、目を輝かせながら俺の両肩をガッシと掴む。

「さすが同志！　わかっているな！　そう！　疾走する馬のあの勇壮な姿は、凛々《りり》しいの一言に尽
きる！」

「それと、案外かわいい顔をしてますよねぇ」

何度も頷くタフィーロさん。

「うむうむ、頭を擦《す》り寄せて餌をねだる仕草はとくにかわいいぞ！　利口なので人の言葉も理解す
るしな。狩場で放しても勝手に家まで戻ってくるほどだ。よし！　これから、約束の馬を見に行こ
う、同志よ！」

勢いよく立ち上がったタフィーロさんは、デスサイズを担ぎ、俺の手を握って引っ張る。

「慌てないでください、引っ張らないでくださいよ」

その時ちょうどドアが開き――デックスが立っていた。

「密室で男二人手を繋いで、どんなプレイに耽《ふけ》る気よ？」

「人聞きが悪すぎです！　馬を見に行くんですよ」

「あら、それって例の約束の馬よね？　なら私も行くわ」

タフィーロさんは出がけにデスサイズでまた我が家の入り口を破壊しつつ、意気揚々と前を歩い

ていく。

「馬を選ぶ時って、サイズが大きい小さいとか以外に、何か判断基準はあるんですか？」

商店街を貸馬屋に向かって歩きながらタフィーロさんに尋ねてみると、「実物を見ながらのほうがわかりやすい」と言われた。

店に着くと、早速タフィーロさんが詳しく教えてくれる。

「同志よ、これが一番人気の馬種――『V8』だ」

「ブ、V8？」

「うむ、背中を見ろ。八本のツノが、二本対《つい》でV字型に四つ生えているだろう？　だからV8だ」

確かに、V字型のツノが背中から伸びていて、そこに背もたれと鞍が固定されていた。

後ろの席の人が、前の席の背もたれに掴まるようになっている。

俺がこの前狩りに行った時に頭をぶつけたのが、これか。あの時は急な展開で、あんまり見てなかったな。

「で、こっちの、ツノが直列に並んでいるのが『直4』だな。一本のツノで鞍を支えているが、安定性の高い馬でこちらも人気がある」

なるほど、ツノの形で種類分けされているんだな。

タフィーロさんはその直4の馬を撫でながら、誇らしげに言った。

「セフィーロ貸馬屋の救世主が、この馬だ。名前を『エイハチローくん』という」

「エイハチロー？」

「そうだ。この馬はライバル貸馬屋とのレースで、我らがセフィーロ貸馬屋に勝利をもたらしてくれた伝説の馬なのだぞ。コーナーを曲がるたびに、内側の側溝《そっこう》に蹄《ひづめ》を引っかけてインコースを駆け抜け――」

「あ、もういいです、その辺のエピソードは」

「ここからがいいとこなのに！」

タフィーロさんが嘆《なげ》く。エイハチローくんも心なしかションボリしているが、構わず次の馬の説明を促す。

「こっちは荷物運搬用で、両脇にツノが生えていて荷物を載せやすい。水平対向、八本ツノだ。人は乗りにくいな」

前脚と後ろ脚の間に、左右四本ずつツノが生えているので、確かに荷物は積みやすそうだ。

「あとはここにはいないが、脚の速さは抜群ながらツノがクルクル回って乗りにくい、『ロータリー』という馬もいるぞ？」

「安全第一でお願いします」

「ううむ、じゃあV8か直4だな。V8がオススメではあるが……あいにく、今、若い馬がいないのだ」

デックスが手を挙げた。

「じゃあ、たとえば私達が捕獲してここに持ち込んだら、世話してくれるの？」

「うむ、構わん。だがいいのか？　馬をプレゼントする約束だったはずだが」

「知ってるでしょ？　馬は捕獲よりも維持のほうが大変なの。あなたのところで世話してくれるなら、自分達で捕獲してくるわ。イントの勉強にもなるし」

「俺はもう勉強したので、タフィーロさんにもらうほうがいいです」

するとデックスは油がよくなじんだ革製の鞘からククリナイフをザパッと取り出し、その先端を俺の鼻の穴に突きつけてニッコリ笑った。

「イント、お願い。じゃないと――」

鼻の穴を一つにするんですね？　わかります。

「かわいい女性のお願いを断る理由がありませんね」

俺は言った。

「ありがとう、優しい旦那様は大好きよ」

「俺、旦那様になった覚えはないんですが……」

「何？　同志は鍛冶屋の入り婿じゃないのか？　町中、その認識だぞ？」

「まったくのデマですね」

チクリ。

鼻の穴が二ミリほど広がった……気がする。

「でも、ま、まだ結納《ゆいのう》も済ませてませんし」

「なるほど！　結納品に馬とは豪気でいかにも同志らしい！　捕獲したなら、セフィーロ貸馬屋が責任を持って世話させてもらうぞ！」

「あら！　素敵ね、ほほほほ」

段々、外堀を埋められていく気がするなぁ。……いや、今のは自爆か。

まあ、まったく身寄りも常識もない俺がこの世界で生きていくには、三姉妹と暮らすのがある意味安全なんだろうけど、踏ん切りがつかないというか何というか。

ブッチャケ、三姉妹相手に子供作成行為ができるのかわからない。いくら彼女達が年上とはいえ、見た目は小学校高学年だからな。考えただけで罪悪感が……地球で培《つちか》われた倫理観が邪魔をする。

そもそも俺、巨乳好きだし……などと悩んでいると、デックスが微笑みながら言った。

「イント……」

「はい」

「こういうのは、慣れよ」

肩を叩かれた。内面、覗かれてる？

「さあ！　そうと決まれば馬捕獲ツアーね！　準備するわよ」

デックスが宣言した。

「うむ、今回にかぎってというなら、我の秘密の狩場を教えよう。行って来るがいい！」

◇◇◇

というわけで――。

なりゆきで馬捕獲大冒険に行くことになったけど、タフィーロさんでも行けるなら平気だよね？

「あのー、危険はないですよね？」

店の前で荷造りをしている三姉妹に、一応確かめる。

「ダンナは何も心配いらないぜ、アタイが守るから」

「守られる事態になるような場所には、行きたくないんですが」

「ダーリンは心配性ねぇ、あたしがついてるから平気よー」

「本当に大丈夫ですか？」

「大丈夫、あなたは黙ってついてくればいいの」

三姉妹が視線を合わせてくれない。

これは……死ねる旅ってことでよろしいですね？

「それにしても荷物がかさばりますね。何かこう、便利で都合のいい魔法の収納道具とかないんですか？」

「んなもんないわよ、あったらそれだけで商売できちゃうじゃない」

デックスがこちらを見もせずに答える。えー、ないのかぁ。マジックポーチとかあったら、色々と都合がいいのになぁ。

俺は三姉妹に背を向けて物置に行き、部屋の中をゴソゴソと漁《あさ》った。隅っこに転がっていた古びた革の鞄《かばん》を拾ってテーブルの上に置き、念じてみる。

「たくさん入る、魔法の鞄になれー！」

いつの間にか、三姉妹が見物にきていた。

「ぬぬぬぬん！」

ぴか！　っと鞄が光った。

来たか？

鞄から空気が抜ける音がし、光も収まったので、早速手を入れてみると——。

「これは！」

「まさか、できたの？」

三姉妹は身を乗り出してきて、デックスが代表してそう聞いてくる。

「生温かいです……」

「え？」

「どうやら、生温かい鞄ができあがりました」

「捨てなさいよ、気持ち悪い」

三姉妹が出ていく。

チートな人達って、こういうのできるんじゃないの？　できあがったら主人公路線まっしぐらだと思ったのに！　何？　温かいって……世の中うまくいかないものだ。

「ダーリン、遊んでないで荷造りしてねー」

帰りざま、ヴィータが振り返って言った。

「はい……」

馬の捕獲旅は明日出発、しかもお泊まりらしいです。

嫌だなぁ、おうちでゆっくりしたいのに……ここのところ、連続で仕事してないか？　もっとさ、ほのぼのチートハーレム日常系な話にならないのかな？　猫獣人とか出てきてさ、「ご主人様、もっとブラッシングするにゃ！」とかさ、あーいーな、獣人とか雇えないかなあ？

「ダーリン？」

出ていったと思ったヴィータが、すぐ後ろにいた。

「はいい！」

「えっちなことは、夜まで我慢してね？」

「二、三年我慢できますので、お構いなく」

「今夜でもいいのよ？」

「明日に備えてゆっくり寝ますので」

「もうっ！」

また出ていくヴィータ。

とりあえず何を準備すればいいのかもわからないので……着替えだけ持っていくとするか。

◇◇◇

出発は早い時間に、とは聞いていたのだが、まさか暗いうちに発《た》つとは思ってもいなかった。

「まだ夜中っすよ？」

「今回はちょっと遠いのよ。ロクゴウ山のさらに奥の、『ヤスク平原』ってとこなんだけどね。野生動物も、モンスターも出るわよ」

デックスが言う。

「馬で行くんですか？」

「馬で行かないと、馬の捕獲なんてできないわよ」

真っ暗な商店街をてくてく四人で歩きながら、デックスに捕まえ方をざっくり説明してもらう。

「要は貸馬を餌にして、繁殖《はんしょく》目当てに寄ってきた野生の馬を捕まえるのよ」

「悪質ポン引きですね？」

「言い方は気に食わないけど、そんな感じね」

「捕まえるのは、オスとメスどっちがいいんですか？」

「メスね。メスは不定期に卵を産むんだけど、タフィーロさんが買い取ってくれるわよ」

「それじゃあ、今から借りるのはオスってわけですね？」

「そうね、男前の馬を連れていけば、メスがいっぱい寄ってくるはずだわ」

「嫁き遅れが？」

俺の言葉に、三人の殺気が急激に膨らむ。

「……奥手で純情な大人の女性ですね？」

必死に言葉を選び直した。

「ええ、私達は関係ないけどね？　もう旦那様のいる身だし？」

「人妻だったんですか？」

デックスが右手を、ヴィータが左手を握ってきた。

これは関節技だ……。

エステアが背中をよじ登り、首を極《き》めてくる。

傍《はた》から見ていると仲睦《なかむつ》まじい姿に見えるだろうが、油断をすると殺《や》られる……三人は笑みを浮かべながら、早起きの八百屋の親父さんに手を振っている。

「デックスちゃん、朝から仲がいいねえー！」

「新婚ですものー、ほほほ」

ヴィータの関節技で、俺もお辞儀《じぎ》をさせられる。

エステアが耳もとで「ここまで町中に結婚したことが浸透したら、アタイ達はもうやり直しがきかねぇなあ、頼むぜダンナ様」と囁きながら右の頬にムチュッとキスしてきた。

「ちょっと！　エステア！　抜け駆け!?　ずるい！」

「ダーリン！　あたしも！　あたしも！」

首を極めたままエステアがきしししと笑う。

八百屋も「お熱いねぇ」と口笛を鳴らした。

俺は手首をねじり上げられて土気色の顔を下に向かされ、両脇の少女達からキスをもらう。

そのまま意識が遠のいた。

◇◇◇

意識が戻ったのはセフィーロ貸馬屋の店内の長椅子の上だった。三姉妹が、誰の口づけで俺を目覚めさせるかを決めるジャンケン大会をしていた。

「死んでまうわ！」

「ごめんよダンナ。ちょっぴりドキドキして、つい力が入っちまったんだ」

エステアが笑う。

「乙女のドキドキに生死を左右されたくないっす！」

「まあまあダーリン、屈強な男前の馬も借りられたし、出発よぉ」

目の前に馬が引かれてきた。

「同志よ、この馬がこの店一番の男前、ガチムチオくんだ！」

「チェンジでお願いします」

「何！」

「名前が、なんか嫌です」

「絶対大丈夫だ、同志。連れていけ」

何となく嫌な予感のするその馬に、荷物を積んでいく。

確かにおとなしいし人懐っこいな。体もすごく大きくて立派だ。

「イント、外はまだ人もいないだろうから、ちょっと乗ってみる？」

「俺っすかデックスさん？　実はやってみたかったんです」

俺は馬に近づき、体を撫でる。意外とツルツルで、触り心地がいい。

目の後ろの辺りを撫でてみると、目を細めて気持ちよさそうにしている、と思ったらバクン！

と大きな音を立てて口が開閉した。

「あひいいい！　大変です！　食われるっす！」

タフィーロさんと三姉妹は落ち着いた様子だ。

「懐いておるな」

「殺しにかかってきてますよ！」

「同志よ、愛情表現はいらないっす！」

「こんな歪んだ愛情表現だ」

「まあいいから乗ってみてよ、出発するわよ」

「本当に平気ですよね、デックスさん？」

「やり方は私が教えるから、さあ座って」

渋々座り、手綱を握って前を見た。姿勢を正し、さて……。

「どうすればいいんですか？」

「馬に向かって、『ヤスク平原まで』って言ってみて」

「はい、ヤスク平原まで！」

大きな図体だが、さすが見た目爬虫類《はちゅうるい》――スルスルと静かに動き出す。

「あとはどうすればいいんすか？」

「馬の邪魔さえしなければ、歌ってても踊っててもいいわよ」

「カーブとか交差点とかどうするんすか？　俺、道知らないっすよ！」

「馬が知ってるわよ」

タクシーですね、わかります。

やり方も何もあったもんじゃない。すべてお任せです。

ちなみにスピードの上げ下げも、馬にそう言えば勝手にやってくれるらしい。

◇◇◇

さあ！　やって来ましたヤスク平原です。

まずは野営の準備と罠設置だ。

三姉妹によると今回は血と内臓は無縁とのことで、テンション上がる！

とりあえず野営場所だが……前回のような適当な崖がなかったので、そこら辺の地面に縦穴を掘ることにした。

通路代わりに細い穴を斜めに掘り、そこに石の階段を造って固めていく。秘密基地感覚で、何だか楽しい。崩落しないように天井も頑丈に固めながら、下へ下へと掘り進めていく。もういいか、というところで穴を広げ、十数畳ほどの横長のスペースにした。

あぁ、何か憧れてたんだよねぇ、こんな地下秘密基地を造ることに！　明かりも欲しいなぁ、地下だから窓は意味ないし、奥に小さい暖炉《だんろ》でも設置するか。

スペースの突き当たりに暖炉を置き、その上に煙の流出口を掘る。暖炉に枯れ枝を用意してファイヤボールで火を点けたら——間接照明に照らされたオシャレ空間のできあがり！

ついでにランプも据えつけ、空気の取り入れ口も造った。

三姉妹が揃ってゆったり眠れそうな大きめの寝台を一方の壁際に、俺の寝台を反対側に、それぞれ設置する。

万が一に備え、雨の浸水をやり過ごすためのかなり深い穴を数箇所掘り下げた。

テーブルと椅子も造るかな！　いいね！　楽しい！

一人で夢中になっていると、後ろから声がかかった。

「ここに何年住むつもり？　イント」

「いや、でも憧れの秘密基地が……」

「ここはもういいから、外に上がってきてね」

「はい、デックスさん……」

地上に出ようと階段をのぼっていると……また思いついた。

入り口を少し盛り上げれば、浸水しないいんじゃね？

真上からの雨は……屋根でもつければいいか。

早速、階段の入り口である地面の穴の周囲を石壁で覆う。

一メートルくらいの高さでいいよな？

完成した四角形の壁を眺めていると、何かに似ている気が——そうだ！　風呂だ！　ずいぶん風呂に入ってないな。体を清潔に保つために、水で濡らした布で拭いたりはしてたけど……こっちの世界には風呂の習慣がないみたいだからなあ。

でも……待てよ？

俺、土魔法使える、水魔法使える、火魔法も使える——風呂入れるぞ、しかも露天風呂！　来た！　俺天才！　早速造るぜ、露天風呂！

たった今造った円筒形の壁から、少し離れる。

ここいらでいいか。

土魔法で地面に縦一メートル、横二メートルほどの穴を掘り、内側をコンクリートで固めていった。

カッチリ固めたあとに、水魔法でバサバサ水を入れていく。

いいぞいいぞ！

水が満タンになったので、ファイヤボールを一発入れる。

手を差し入れてみるが、まだ温《ぬる》い……もう一度！

おおう！　いい感じ！

湯気を上げる露天風呂のできあがりだ！

我慢できん！　俺は素っ裸になり、風呂に飛び込んだ。

「うひぃ、気持ちいい！」

最高……こんな気分は転生してから初めてかもしれない。眺めはいいし、空気は新鮮だし、天気はいいし、少女達はガン見してるし……。

って、ガン見？

◇◇◇

「ちょ！　何、見てるんすか！」

「そ、そっちこそ、何でいきなり素っ裸なのよ！」

「ダーリン、あたしも入りたーい」

「親父の見慣れてるから、アタイは平気だぜダンナ」

確かに夢中になって周りを見ていなかったのはこっちの責任なので、反論はせずに三人の視線を防ぐ壁を造った。

何しろ今は気分がいい、何でも許せる気がするからな……辺りを駆け抜ける風が心地いい。

「これがお風呂ね？　貴族とか王族とかは普通に入っているらしいわね。気持ちよさそうじゃないの。贅沢《ぜいたく》だけど」

「リラックスできそうねー」

「汗をかいたあとに入るとサッパリしそうだな。物置のそばに造れないかな？」

三姉妹がお湯に手を入れてそんなことを言う。

「壁を造った意味がないじゃないっすか！」

「恥ずかしがるなよダンナ、夫婦だろ？」

「そ、そうよね？　恥ずかしがることないわよね？　隠すんじゃないわよ！」

「デックスさん、顔を真っ赤にしながら、何言ってるんすか？」

「あ、赤くなんかしてない！　バカ言ってんじゃないわよ！」

「耳まで真っ赤じゃないっすか！」

その時、ザブンと水しぶきが勢いよく上がった。

「ちょっ⁉」

「気持ちいーなダンナ！　うちにも造ってくれよこれ！」

エステアが素っ裸で飛び込んできたのだ。

「ちょ、児ポ法に引っかかるようなことはやめてください」

どうにかしないと！

そうだ、酸化鉄って錬成できるかな？

細かい酸化鉄を錬成してみる――イメージどおり、お湯が赤く濁《にご》っていく。

「ん？　ダンナ何かしたか？」

「な、な、何かって何よ！　何したの？　イント！」

「酸化鉄でお湯を濁らせたんです。落ち着いてくださいデックスさん」

って、気づいたら、ちゃっかりヴィータもお湯に浸かっていた。

「ちょっと！　ヴィータまで！　いつの間に入ってるのよ！」

デックスが真っ赤な顔をして叫ぶ。

「そうっすよ、俺が上がってから皆さんでゆっくり入ってくださいよ……」

視線をデックスに向けた途端——彼女はずばあ！　っと服を脱ぎ捨てた。

「俺出ますから、ちょっと待ってくださいよ」

「何で出るの！　入ってなさいよ！」

すごい剣幕のデックス。

「はい……」

全然リラックスできない。家にお風呂造るなら、絶対、女湯と男湯を分けよう……。

しばらく入ったあと、こちらに背中を向けて風景を楽しんでいる三人に「のぼせて来たので俺はそろそろ上がりますね」と伝えたところ、揃ってこちらに視線を固定した。

上がれない……。

「見過ぎっすよ！　何で凝視するんすか！」

「見てないわ、早く上がりなさいよ」

デックスさんが言う。

「そんなに凝視されたら上がれませんよ！」

そう言いつつ、前を手で隠しながら上がると――。

「何で隠すんだよ！　ダンナ、男らしくねーな！」

「エステアさん、エチケットですよ！」

「「「ぶーぶー！」」」

三姉妹のブーイングを無視して風魔法で体の水滴を吹き飛ばし、ささっと服を着てお風呂から遠ざかる。馬のガチムチオくんのところにでも行ってよう。

鞍を外され身軽になったガチムチオくんは、のんびりと雑草を食べていた。

草食だったのね？　水飲み場とか要らないのかな？　そう思って地面を掘り、水を貯めると、すぐにガチムチオくんが寄ってきて水を飲み始めた。

「やっぱり喉が渇くっすよね？」

背中を撫でながら話しかけると、ガチムチオくんはこっちを見ながら頷いた。本当に頭がいい。

「ちょっと、イント！　乾かしてー！」

裸の二十二歳独身女性三人が壁の向こうから手を振っているので、近づいていって、壁の陰から送風してやる。

サッパリして出てきた三人が、「帰ったら家にも風呂造れ」としつこくせがむので了承した。

「で、馬ってどうやって捕獲するんですか？」

「暴力と説得ね」

草を食《は》むガチムチオくんを眺めながら、デックスが答える。

「わかりやすいっすね」

「ああやって馬を放牧しておくと、野生の馬が寄ってくるのよ」

「じゃあ、集まって来た女の子用に、水飲み場を拡張しときましょうか？」

「そうね、そうして」

水飲み場を大きくして水を補充していると——辺りを囲う背の高い草むらのあちこちから、ガサガサと大型の生き物が動く音が聞こえてくる。

「もしかして、ご来店ですか？」

「そうみたいね」

草むらの中から顔を出したのは、ガチムチオくんより少し小柄な馬だった。

オスとメスの違いは前足の爪の形状らしい。ノソノソと歩み寄ってきた馬の爪を見ると、メスだった。

「来ましたね」

「直4だから、お引き取り願うわ」

つかつかとメスの前に歩いて行き、話しかけるデックス。ヴィータ達もついていく。

必死に嫁き遅れの馬を説得するが、なかなか帰ってくれない。ならばと実力行使に走る三姉妹とメス馬のバトルは、観る者の涙を誘う。

「あなたの気持ちは痛いほどわかるわ！」

そう叫びながらメス馬に蹴りを入れるデックスの気持ちを察すると――思わず目頭が熱くなる。

三姉妹は小姑《こじゅうと》パワー全開で、続々と現れた直4のお嬢さん方を蹴散らし続け、残ったのは荒れた大地だけだった。

ガチムチオくんは結構モテるようだ。

気づけば――夕方になっていた。

「今日はこれくらいにしましょう。イント、ガチムチオくんの周りに囲いを造れるかしら？」

「できますよ、デックスさん。明日はV8の娘さんが来たらイイっすね」

ガチムチオくんの周りを大きめの石壁で囲い、その中に寝藁《ねわら》を敷いていく。

作業を終えてガチムチオくんにおやすみを言い、階段を下りて地下室へ入る。

デックスが夕飯を、ヴィータとエステアが寝床の準備をしているところだった。

なんか今回は俺も仕事を割り当てられていて疎外感がないから、何となく気分が楽だな。

夕飯は、ジャーキーのような味つけの干し肉と、根菜みたいなのを一緒に煮込んだシチュー、それとパンだった。

保存食にしては美味しいのだが……味つけを褒めるとまた地雷を踏みそうなので黙っておく。

「なあダンナ、昼間に馬を追っ払うんで暴れたから、また風呂に入りたいんだけど。頼んでもいいか？」

「あー、星空の下でお風呂っていうのもいいでしょうねぇ。わかりました、お湯を張り替えましょう」

食後に地上に上がり、さきほどの湯船の底に穴を開けて排水し、また水を貯める。ファイヤボールで温度を上げて、お風呂の一丁上がり。

「はい、これで——うわあ！」

振り向いたら、裸の三姉妹が並んでいた。

「何が『うわあ』よ、昼間にも見たでしょ？」

「曲がりなりにも女性なんだから、もうちょっと羞恥心《しゅうちしん》というものをですね」

「曲がってないー！　ダーリン失礼すぎるー」

「それは失礼しました、じゃ、ごゆっくり」

「ダンナ！　ダンナ！　一緒に入ろうぜ、一度入ったんだ、二回も三回も同じだぜ」

「ダーリン背中流してあげるー」

「羞恥心の欠如が、女性のおっさん化を招《まね》くんですよ？」

「「ぐ！」」

ガードの堅すぎる女の子も引くけど、豆腐ガードの女の子も引いちゃう微妙な男心……いや、わかっている。

自分には過ぎた三姉妹だとわかってはいる。

でも、まだ慣れない……人見知り的な意味ではなく、倫理的な意味で。彼女達の裸を見ても、エロい気持ちより罪悪感が先に湧くんだよな。

好意を寄せてくれるのは非常に嬉しいのだが、鈍感系主人公を気どって三姉妹のアプローチに気づかないふりをするっていうのは失礼だと思う。

いつかは、いや、早いうちに気持ちを伝えないといけないかもな。

三姉妹のことは好きだ、エロ抜きで……。

そんなことを考えていたら、三人から乾燥命令が来たので、風魔法を送る。そういえば俺、転生してから、まだ魔法で生き物の命を奪ったことがないよな。三姉妹とアサカーさんに感謝しないといけない。

三人が服を着終えたことを確認してから、湯船に土で蓋をした。

四人で地下に戻り、さあそろそろ寝ようという頃——衝撃的な話を聞いた。

俺は寝台に寝転んだのだが、ふわふわとした触り心地に驚き、毛布をめくってみた……そこにはびっしりと石が敷き詰めてあった。

「何すかこれ？　石っぽいけど、すっごく柔らかいっすよ？」

「あぁそれな、オリハルコンっていうんだぜ。柔らかいだろ？」

こともなげにエステアが言い放った。

「オリハルコンって、伝説の？」

「伝説なわけないじゃん、その辺に一杯転がってるぜ、ダンナ」

「マジっすか？　たくさんあるんですか？　レア中のレアですよ？」

「どこにでもあるわ、子供の遊び道具だしー。食器を洗う時にも使うわよ？」

ヴィータが笑う。

「究極の魔法金属がスポンジ扱いですか？　そりゃ、神様もトレードしたがるっすよ……」

「何をごちゃごちゃ言ってるの？　じゃあ、これで何ができるのよ？」

「デックスさん。オリハルコン、持って帰って色々研究してみていいっすか？　うまくいけば、すごいことになります！」

「まぁ、イントが言うなら少し期待できるわね。土と石関係では常識外れなことばかりやってるし」

「何ができるか、はっきりとはわかりませんけど、俺の記憶ではこれって貴重品だったような気がするんです」

「あなた、記憶ないんじゃなかったっけ？」

「記憶はあるけど、役に立たないだけですよ」

あ、俺、一応「記憶喪失」って設定なんだっけ。

「なるほどねえ、でも、持って帰るのは嫌よ？」

「えー、何でですか、デックスさん」

「オリハルコンなんて庭先に転がってるものだもん。わざわざ遠い距離を持ち帰るなんて意味がないのよ」

「そんなにありふれたものなんですか？」

「あんまり使い道がないんだよダンナ。だから子供のおもちゃとか、布団の下に敷き詰めるとかするわけ」

「布団屋さんも自分で拾ってくればいいから、買い取ってくれないしねー」

「へえ……そうなんですかあ」

一つ拾い上げ、土魔法で変形させてみる。

「オリハルコンは土魔法でしか変形させることができないのよ。仮に変形させても、武器にもできないし、防具にも使えない」

「衝撃吸収しないしな、それ」

エステアが言う。

「え？　柔らかいのに？」

「壁に投げつけてみなよ、ダンナ」

エステアが、投げやすそうな大きさのオリハルコンをこっちに放った。

俺はその野球ボール大のオリハルコンを、壁におもいっきり投げつける。すると硬そうな金属音を立てて跳ね返ってきた。

「あれ、硬くなったんすか？　これ？」

「そうだけど、すぐ柔らかく戻るよ」

「じゃあ、防具とかにイケルんじゃないんすか？」

「でも雨が降ると、水吸っちゃってずっしりするんだよなぁ」

「それとね、魔力を少しでも流すと変な動きしたりするのよ」

「エステアちゃん、昔それで大きなタンコブ作ったもんねえー」

「ヴ、ヴィータだって、寝ぼけてオリハルコン製の枕にうっかり魔力流したうえに、寝返り打って歯が欠けただろ？」

段々「オリハルコン嫌な思い出あるある」になってきた。

「とりあえず、オリハルコンのことは帰ってから少し研究させてもらえませんか？　色々思いついたこともあるし」

俺がそう言うと、三姉妹はニヤリと笑う。

「また面白いことを期待しているわ」

「そうねー、実際あたし達の装備もダーリン特製だしー」

「そうと決まれば、明日も早いし……寝ようかダンナ！」

エステアがぴったりくっついてくる。

「えーと、エステアさんはそっちの大きいベッドですよ」

エステアはごそごそと手甲を装備して――俺のベッドを破壊し始めた。

「ちょっとおおお、俺の寝台があぁ」

「ごめんダンナ、手が滑った」

「ダーリン、何もしないから安心して。こっちこっちー」

「そうよ、一応夫婦なんだから、一緒に寝たって何の問題もないわ」

無視してもう一度寝台を造ろうとすると、デックスがククリナイフを引き寄せ始めたので、諦めた。

「本当に何もしないでくださいよ?」

「「「しないしない」」」

「でもおやすみのチューくらいは、許してくれよ」

エステアがむちゅっとキスをしてくる。

「あ!」

「ずるい!」

あとの二人も唇を寄せてくる。

まぁこれくらいなら……って、こうやってずるずる夫婦になっていくのかなぁ……?

◇◇◇

相変わらずの朝でございます。

キッチリと決まっている腕ひしぎ逆十字固めは、ヴィータさんですね？　鳩尾《みぞおち》に踵《かかと》をめり込ませているのは、デックスさんです。

だって俺の口の中に突っ込まれている、足の味はエステアさんのものですから……。

「死ぬっつうの！　寝相で人が殺せるわ！」

寝続けている三姉妹をそっと振りほどき、忍び足で表に出る。

昨日の夜はゆっくり温泉を楽しめなかったので、一人で堪能《たんのう》しよう。

冷えてしまったお湯を排水し、新たに入れ直して火を入れる。

ガチムチオくんが気になったので風呂に入る前に様子を見に行き、水飲み場の水を取り替える。

「ガチムチオくん、おはよう」

頭をぺこりと下げて、入れ替えた水を飲み始めるガチムチオくん。

かわいいなあ。

さて……ゆっくり温泉を楽しみますか。

朝の涼しい空気の中お湯に浸かると、森林や草原の香りがふわりと鼻腔をくすぐる。贅沢ですねー、ビールが欲しくなっちゃう。自然と歌なんかも口ずさんでしまう。

心地よい気分で、昔よく観た某ロボットアニメの曲を歌っていると――。

「それって、何て曲？」

「あーこれはですね……って、おわあ！」

「朝の風呂ってのもいいもんだな、ダンナ」

「お肌がピチピチー」

「いつの間に入ってきたんですか？」

「あなたが鈍感なだけよ？」

ワックちゃんを追い込んだ時も思ったけど、気配を消して行動するのが本当に上手いな、この三姉妹。

「デックスさん？」

「な、何よ？」

「見過ぎっす」

「み、見てないわよ！　たまたま目に入っただけ！」

「目に入れると痛いですよ？」

「ダンナ、アタイのこと見ていいんだぜ？」

セクシーポーズをとるエステアだが、あちこち寂しいプロポーションが、涙を誘う。

「くっ……」

「な、何で泣くんだよダンナ！　泣くとこじゃないだろ？」

なんかもう、これだけエロさがないとかわいそうになってくる。

「さぁさぁ、上がりましょう！　面倒なんで、皆で一緒に乾かしますよ！」

「ダーリン、あたし達の裸の扱いがおざなりになってるー」

風呂から上がり、風魔法で一気に乾かして——さて、今日の仕事だ。

昨日に引き続きガチムチオくんの出番だが、この界隈《かいわい》の馬の間で乱暴な小姑三人の噂でも流れたのか、馬のお嬢さん達は現れなかった。

「昨日、無下《むげ》に追い払い過ぎたんですかね？」

「だってV8じゃなかったんだもの、しょうがないでしょ？」

「アタイも自家用馬はV8がいいな、速いし」

「あたしはどっちでもー」

草を食《は》むガチムチオくんのそばで寝っ転がって馬談義をしていると、遠くの茂《しげ》みから一頭の馬がやってきた。

馬ながら愛嬌《あいきょう》のあるかわいらしい顔立ちで、まつ毛の長い美人さんだ。

「き、来ましたよ！」

「ツノは……V型だ！」

エステアが飛び上がろうとするのを、デックスとヴィータが押さえ込む。

とうとう念願のV型登場！

のそりとこちらに向かってくるその背中には、立派なツノが……あれ？

十二本？

「デックスさん、あれって……」

「V12ね、初めて見たわ。本当にいたのね……」

「スゲー速そうだな」

「色がかわいいわー」

確かに今まで見たことのない赤い体は、美しい艶《つや》を放っていた。

だが、ガチムチオくんが怯えている感じがする。

昨日並みいるお嬢さん達を、ポーカーフェイスでスルーしてきたあのガチムチオくんが……細かく震えているのだ。

「待って！　あれって……」

「どうしたんですか？」

青ざめるデックス。そのワケを察したのか、エステアとヴィータも顔を青くする。

「ダメ！　危険よ、ガチムチオくんを下がらせて！」

三姉妹が慌ただしく動き出す。

V12は切なそうに嘶《いなな》いた。

「一体どうしたんですか？」

「あれはダメよ、危険過ぎるわ！」

「そうっすか？　大人しそうですよ？」

「違う！　よく見て！」

「求愛行為ですよね？」

「そうだけど、あのＶ12は……オスよ」

「ガチムチオくん逃げてー！　全力で逃げてー！　危ないっすー！」

気のせいか若干青ざめた様子のガチムチオくんは、昨日俺が造った馬小屋に逃げ込んだ。

俺は急いでその入り口を石の壁で塞ぐ。ガチムチオくんは中でブルブルと震えていた。

「もう怖くないですよ」

馬小屋の外では、Ｖ12の切ない鳴き声がまだ聞こえている。

「ガチムチオくん、ここでじっとしててくださいね」

馬小屋から離れて元の場所に戻ると、三姉妹がＶ12と対峙《たいじ》していた。しかし昨日のような大立ち回りの雰囲気はなく、うなだれるＶ12を説得しているようだった。

「残念だけど、今回の応募はメス限定なの」

「気を悪くしないでねー」

「男みたいな女っていう馬もきっといるからよ、今回は諦めろ、な？」

Ｖ12は大きな尻尾を揺らしながら、トボトボと林の中へ帰っていく。

去り際にこちらを振り向き、頭をぺこりと下げた時――V12の目から涙が零れ落ちた。

「ちょ、ちょっと待つっす！」

V12が足を止める。

俺はV12に駆け寄って言った。

「君、このままでいいんすか？」

「きゅ？」（意訳：え？）

「このままウジウジしてていいんすか？　今回は残念ながら振られちゃったけど、また新しい恋がしたいとは思わないんすか？」

「きゅー……」（意訳：でも……）

「恋をするのは悪いことじゃないっす！　破れた恋を認めず暴力に訴えようとする昨日の馬達と違って、君はとても素敵です！　ウジウジしないで新しい恋を探しましょうよ！」

「ききゅー……」（意訳：わたしなんかが……）

「少なくともここでいじけてるより、俺達と来たほうが百倍マシっす！　君はガチムチオくんを怖がらせてしまったことを後悔して、自ら身を引いたじゃないっすか！　相手を思いやる心！　それが恋です！　君は誰よりも恋する乙女です！」

「えーと……イント？　ノリノリのところ悪いんだけど、彼、オカマよ？」

「オカマじゃないです！　『男の娘《こ》』っす！」

「言ってる意味がわからないんだけど」

「今はまだ、彼女を受け入れる度量を持つ男がいないだけです。きっといつかは、立派なお嫁さんになれますよ！」

「きゅ、きゅ？」（意訳：お嫁さん？）

Ｖ12は跳ね馬のように立ち上がり、尻尾を地面に叩きつけた。

バチンという音がして尻尾が切れる。その尻尾を咥《くわ》え、俺の前にそっと置くＶ12。その姿はまるで、騎士が王に剣を捧げる姿のようだった。

「わかってくれたんですね？」

俺とＶ12は熱い抱擁《ほうよう》を交わした。

三姉妹が身を寄せ合いながら呟いた。

「「「キモチワルイ……」」」

8　台無し！　散歩！　凱旋《がいせん》！

夕方になった。

三姉妹も慣れてくるとこの馬がかわいく見えるのか、馬を囲みつつ恋愛に関するガールズトークに夢中になっていた。

ただ、ガチムチオくんがあまりにも怯えるので……背中のツノに、ある程度状況を記した手紙をくくりつけ、先にタフィーロさんのところへ帰ってもらうことにした。

俺達は明日の朝戻ることに決め、今晩は引き続きここで野営する。

一人町に戻るガチムチオくんを、Ｖ12は切なそうな面持ちで見送っていたが、三姉妹に慰められて元気を取り戻しつつあった。

「それで、この子の名前何にするの、イント？」

「へ？　俺っすか？」

「あなたに尻尾を捧げたんだから、あなたが名前をつけるのよ」

「そういうもんなんですか？」

「きゅー！」

Ｖ12が声をあげる。

「じゃあ……『ルッソ』なんてどうですかね？」

「変わった響きね？」

「俺の故郷にいた有名な馬の名前だった気がするんですよ」

「エイハチローくんみたいな？」

「そうですね。速さもですけど、何よりも丸みを帯びた女性らしい美しさで、男達を魅了した伝説の馬だったはずです！」

……馬じゃなくて、「車」だった気もするけど。

「きゅ、きゅ！」

「喜んでるみたいですね？」

いつの間にか薄暗くなってきたので、ルッソくんをさっきまでガチムチオくんが使っていた馬小屋に入れた。

水飲み場を綺麗にして穴倉へ行くと、先に戻った三人が、食事の準備を済ませて待っていた。

デックスが晩御飯のパンに、チーズと焼いたベーコンを載せて渡してくれる。

「これ、美味いっすね！　腹減ってたんですよ」

「しかし自家用馬がＶ12なんて、いまだに信じられないわ……」

「そんなにレアなんですか、デックスさん？」

「あんなので町中を走ったら、見知らぬ子供が手を振ってくるわよ」

「スーパーカーブームみたいですね？」

「は？　何よそれ？」

昔、近所のポルシェを自転車で追いかけた気がするなぁ……。

「何でもないです。でも、別に悪いことじゃないんすよね？」

「悪いことじゃないわね」

「新しい仲間も増えたんだし……いいこと尽くめじゃないですか」

「そうね、分不相応な馬を手に入れてビビってるなんて、馬鹿みたいね」

デックスは自嘲《じちょう》気味に、ため息をついた。

「そんなことないですよ、俺が常識を知らないだけですから」

そうだよな。

この世界のことを何にも知らない俺が、なんだかんだで無事やってこられたのって……アサカーさん一家のおかげなんだよなあ。

「あの……皆さんにはすごく助けてもらってますし、感謝しきれないです」

いきなり、三方向から力の乗ったタックルが同時に入った。

「ぐほぅ！」

「もう！　ダーリンたらかわいいこと言って！」

「馬鹿ね、夫婦なんだから当たり前でしょ？」

「ダンナ！　今夜あたりズバンと一発決めとくか？　今日は安全日だぜ！」

「だ、台無しです……」

三方向からの打撃に加え、そのあとのエステアの強烈なベアハッグにより、呆気なく意識がなくなった。

◇◇◇

目を覚ますと、朝だった。

さすがに昨夜の殺人未遂はヤバいと思ったのか、長テーブルを俺用の寝台にしてそこに寝かせてくれたようだ。三姉妹は壁際の大きな寝台で揃って寝ている。

温泉に入ろうかとも思ったが……また侵入者が来そうなので、やめておこう。

ルッソくんの様子を見に行くと、もう起きていた。

「ルッソくん、おはようっす」

「きゅー」

「今、壁を外しますからね」

壁を取り外すと、コモドオオトカゲみたいな外見なのに、猫のように伸びをして俺の体に頭を擦り寄せてきた。

「ん？　乗っていいんですか？」

「きゅー」

「じゃ、ちょっと失礼して」

乗った時の景色が――ガチムチオくんの時とは大違いだった。

「うわ！　高いなあ」

ルッソくんがドッコドッコと歩き出す。

「これくらいのスピードだと風が気持ちいいですねぇ」

俺はしばらく快適な朝の散歩を楽しんだ。


散歩を終えて穴倉に戻ってみると、三姉妹が撤収準備を始めていた。

「おはようございます、すいません一人で遊んじゃって」

「そうだぜダンナ、遊びにいくならアタイも連れてけよー」

「もうすっかり乗りこなしてるみたいね？　スピードは出してみた？」

「速いのは苦手なんですよデックスさん、ゆっくり歩いてもらいました」

食事が済んで、俺達は町に戻る準備を進めた。

外に出て、ルッソくんにトランクを載せて中に荷物を積み込む。鞍とあぶみも取りつけて、ハミを咥《くわ》えてもらった。

出発準備が整ったところで、穴倉を塞ぐ。

露天風呂も埋めて、上から柔らかい土をかける。

「なんかもったいねえなあ。家に帰ったら、絶対に造ってくれよな？」

「わかってます、立派なのを造りますよエステアさん」

俺はルッソくんに跨がり、手綱を持つ。

「ではルッソくん、家に帰りましょう！」

のそりと動き出すルッソくん。

「さあ、ちょっと急ぎますよー！」

手綱を握りしめ、俺は勢いよく振るう。

ぐん！　という加速感と同時に、首が後ろに引っ張られ——意識がブラックアウトした。

◇◇◇

ゆさゆさと体を揺すられる感覚で、意識が覚醒する。

「ダンナ！　こんな立派な馬に乗って失神してたらカッコつかないぜ！　起きなよ」

「え？　失神してましたか？」

「ソッコーだよ、出発と同時に首がカクカクしてたぜ」

「すごいわねルッソくんは……町の入口まであっという間よ」

「景色を楽しむヒマもなかったねー」

前を見ると、確かに町の入り口がすぐそこに見えていた。

「ルッソくん、やんわり歩いてください。やっぱり急ぐのは性に合わないです」

するとルッソくんは、朝の散歩の時のように、ゆっくり歩いてくれた。

町中を歩くルッソくんは皆の注目の的だ。

あちこちから「鍛冶屋の三姉妹がまた……」とかいう声が聞こえてくる。

ゆっくり歩くルッソくんの後ろに、子供達がついてきた。八百屋の親父さんは野菜くずを放ってくれた。

「きゅー」

お礼を忘れずに、野菜くずを食べ始めるルッソくん。立ち止まった彼は大勢の人達に囲まれ、動けなくなる。子供達に頭を撫でられ、気持ちよさそうに目を細めている。

「大人気ですねえ、ルッソくん」

キョロキョロと見物人達を見下ろしながら俺は言う。

「そうね。あ、食べ終わった？　じゃ、動くわよー！　皆、危ないから離れてー！」

その後も見物人を引き連れたまま、俺達はセフィーロ貸馬屋に帰ってきた。

「おおおおう！　同志よ、ずいぶんゴツイのを捕獲してきたな！」

タフィーロさんもさすがに驚いたようで、ルッソくんの周囲をぐるぐる回る。

「同志よ、野生馬なので鱗《うろこ》の手入れがされてないな。この馬は鱗を磨いてやると、もっと見栄えがよくなるぞ？」

ルッソくんの体をさすりながらそんなことを言う。

「鱗の手入れなんてするんですか？」

「うむ、発色がよくなるし、寄生虫などもつきにくくなる」

俺はルッソくんに笑いかける。

「よかったですねルッソくん、もっと魅力的になりますよ？」

ルッソくんは目を輝かせ、大きな声で嘶《いなな》いた。

◇◇◇

エンガルの町に戻って数日後――ルッソくんの鱗の手入れをすることになった。

V12の馬は非常に珍しいため、ルッソくんは貸馬屋の看板的ポジションで飼育されている。

今日も朝から見物客が押し寄せている。そんな中で、俺はタフィーロさんに鱗の手入れ方法のレクチャーを受けた。

「まず鱗の厚みを薄くするのだ。その後、薬液を塗り込み、最後にワックスだな」

ザリザリと布ヤスリを鱗の表面にかけていく。徐々に、小豆《あずき》色っぽい赤から、発色のいいイタリアンレッドに変わっていった。

「これは目立つ色だな。馬は比較的鮮やかな色が多いが……こいつは一際目立つぞ」

タフィーロさんが感心している。

「ルッソくん、褒められてますよ」

ヤスリをかけられているルッソくんは、気持ちよさそうにゴロゴロと喉を鳴らしている。

薬液を塗り込み仕上げにワックスをかけると、表面がピカピカに光りだした。

「ルッソくん、すごい綺麗です！　これでモテモテですよ！」

「きゅー！」

「あー同志よ……言いにくいのだがな」

「なんですか？」

「どうやらこの馬はメスに興味がないみたいだ。まだ若いから、生殖能力が十分に育っていないのかもしれんな」

「そ、そうっすか……」

俺はまごつく。あれ、バレてる？

「繁殖は、時間がかかるかもしれん」

あ、よかったバレてない。

「は、繁殖は考えてないので……オス達の中で自由にさせてやってください」

「む？　そうなのか？」

「はい」

「うむ、了承した。それでは無理にメスと引き合わせず、ここで自由にさせておこう。だがいい出会いがあれば、繁殖させても構わぬか？」

タフィーロさんはおそらくV12の繁殖に期待しているのだろう……でも、申し訳ないけど、男の娘なんです……。

「ええ……任せます」

「あいわかった」

鱗磨きのレクチャーが終わり、俺はタフィーロさんとルッソくんに別れを告げて自宅に戻った。

三姉妹が、大きなずだ袋を抱えて物置で待っていた。

「ダンナ、店の裏に転がってたオリハルコンを拾えるだけ拾っといたぜ。だから風呂を造ってくれよ」

エステアがニカッと笑う。よほど風呂が気に入ったみたいだ。

どうせなら、凝った造りの風呂にしてあげたいなあ。

「風呂釜は俺の魔法で造れますが、屋根と壁とドアは大工さんにお願いできますか？　木造《きづくり》のほうがいいと思いますんで」

「いいわよ、そこら辺は任せといてー」

デックスが頷く。お任せしよう。

じゃ、早速造るとしますか。

とりあえず壁と床を造り、排水管を表の側溝に繋いだ。風呂釜は……あとでいいか。ちょっと疲れたし。

三姉妹とアサカーさんと一緒に居間でお茶をしてから、俺はオリハルコン研究のために物置にこもることにした。

さてさて、お楽しみのオリハルコンだが……なんか色がたくさんついている。不純物かな？　いきなりつまずいた気分だ。

あ！　そうだ！

こんな時こそ、鑑定スキルがあるじゃないか。

俺は鑑定を使った。

【名称】オリハルコン

【特性】硬化

いや、こんだけ？
別のはどうだ？

【名称】オリハルコン
【特性】硬化

あれ、同じかあ。
じゃあ、こっちのは？

【名称】オリハルコン
【特性】回転

ん？「回転」？
隣の二つはどうかな。

【名称】オリハルコン
【特性】反発
【名称】オリハルコン
【特性】伸縮

その後も鑑定を続け、ひととおり見てみたところ――。

色の違いで特性が変わるかと思いきや……バラバラだった。ほとんど「硬化」だったが。

いろいろ試してみた感じだと、魔法を使えばどうやら加工できそうだ。小さいオリハルコンの欠片《かけら》を布袋に詰めてクッションや敷布団として使うのが一般的みたいだけど。

鑑定結果が間違ってるのか？　試しに「硬化」オリハルコンをナイフでそっと切りつけてみる……うん、ちゃんと硬化する。鑑定結果に間違いはなさそうだ。

「伸縮」って、どういうことだろう？　やっぱり伸び縮みだと思うんだけど、引っ張っても全然伸びない。

あ、もしかして！

「伸びろー！」

はい、伸びません。

魔法金属オリハルコン……俄然《がぜん》、インチキ臭くなってきた。

「伸び魔法」とか、そういう類の魔法があるのかな？　ミスリル銀って、よく「魔力を通しやすい」なんて描写があるよな、小説とかゲームとかで。オリハルコンもそうなのか？

魔法を使う要領で、伸縮するイメージを命令として通せばいいのかな？

手の上にウォーターボールを出す時みたいにして、「伸びろー！」と言いながら魔力を込めてみた。

その途端、手の上のオリハルコンが、ほぼ抵抗なく数十センチばかり両側に伸びた。

「おおっ！」

こういうことか。伸びたオリハルコンをしげしげと眺めながら、縮むイメージで魔力を込めると……ピュルッと元の形に戻った。

「おおうっ！」

伸び縮みを楽しんでいると、なんか夢中になってくる。

こんな感じのオモチャとかあったら楽しそうだ。

俺は手足の伸びる人形を、一体造ってみた。

ふははは！　できた！

「海賊――」

「イント、昼ごはんできたわよ！」

「王に俺は……うわあぁ!!」

肩に手が置かれ、デックスが耳もとで囁いた。

「びび、びっくりするじゃないっすか！」

「ノックはしたわよ？　熱心に仕事してると思ったら、人形遊びとはねぇ……男の子って、いくつになってもこういうのが好きなのねぇ」

「遊びじゃないですよ！　大発見です！」

「はいはい、ごはん食べてから聞きますから、早く居間に来てくだちゃいねー」

子供をあやすように俺の背中を軽く叩き、部屋を出ていくデックス。

「きいいいい！」

真面目に聞けっての！

◇◇◇

居間でモリモリ昼食を食べながら、つい今しがたの発見を皆さんに一生懸命説明したが、食いついたのはアサカーさんだけだった。

さっき造った人形を取り出し、両手を摘まんで「伸びろー！」と言いながら伸ばす。そして「戻れー！」と唱えてピュルッと元の長さに戻す。実際に伸縮するさまを見せながら熱弁を振るったのに、三姉妹の反応はイマイチだ。どうもピンと来ないらしい。

でもアサカーさんは伸び縮みする人形をじっと見て、「これは、武器・防具の世界に革命が起きるかもしれんな……」と呟いた。

俺が人形を渡すと、三姉妹は手足を伸ばすのに手こずり、ものの五分で飽きていた。

「それでイントよ、お前ぇ、これをどうするつもりだ？　市場に流せば大儲けも期待できるが、金と同じくらい血も流れることになるぞ？」

アサカーさんが小声で言う。

「とりあえずはお世話になってる三姉妹さんとそのご家族限定の、平和的利用しか考えてないですね」

「お前ぇはそれでいいかもしれねぇが、そんなことを許さねぇ無粋《ぶすい》な連中が出てくる可能性もある。くれぐれも慎重にな」

「心配してくれてありがとうございます。万が一そうなったら、どこかに逃げますよ。違う町でもいいし、山の中でもいいかもしれないですね」

「そうなったらお前ぇ……うちの娘達は連れてけよ？　旦那に逃げられたなんて噂が立ったら、余計に売れ残る！」

「う……善処します」

その時背後から、ククリナイフがスラリと俺の首もとに添えられた。

「『善処』じゃなくて、『約束』でしょ？」

「ひっ……ヤクソクシマス」

アサカーさんがニヤリと笑い「なら安心だ」と頷いた。


食事も終わり、俺は物置に戻って再度オリハルコンの研究に取りかかることにした。

とりあえず、伸縮の仕組みはわかった。

あとは「硬化」「回転」「反発」か。魔力を込めると硬化するって特性は、武器とか防具に使えるかも？　でも「魔力を通すと硬化する」って、衝撃を与えても硬化するんだから、ダブり特性だよなあ。

あ、そういえば、水が染み込んじゃうみたいだから鎧とかには向かないって三姉妹が言ってたぞ。

確かに、水をいっぱい吸い込んだスポンジを身に纏うとか、ないなあ。重いし、湿っぽいしね。

うーん、どうしたもんかな。

悩んでいてもしょうがないので、ひとまず、オリハルコンを粘土のようにこねくり回してみる。

棒状にしたり、球状にしたり、板状にしたり……あ、鎖状にしてチェーンメイルとかどうだろう？　いや、それよりも、既製品の革鎧をコーティングしたらどうだ？

案外、いいアイディアかも！

物置を飛び出し、居間で食事の片付けをしていたデックスに聞く。

「デックスさん、革鎧って持ってます？」

「ええ、私はスピード重視タイプだから、軽量の革鎧がメイン装備よ。っていっても面倒だから滅多に装備しないけど」

装備しないの？　何のための防具なんだ？

「それ、ちょっと見せてもらえます？」

デックスは部屋に上がっていき、革鎧を持ってきた。

俺はそれを受け取り、物置に戻った。デックスもついてくる。

薄く延ばしたオリハルコンを、革鎧の肩当ての部分に貼りつけてみる。

オリハルコンをぐいぐいと押しつけ、肩の部分にフィットさせていく。

できあがったものをデックスの前にかざす。

「肩の部分なんですけど、オリハルコンでコーティングしてみました。デックスさん、ちょっとナイフで切りつけてみてくれます？」

「いいけど、もし切れちゃったら、新しい革鎧を買ってよね？」

デックスは革鎧を床に置き――ククリナイフで切りつけた。

凄まじい轟音と埃が上がり、俺は思わずむせかえる。

「や、やり過ぎですよ」

「鎧の強度試験で手加減するほうがバカでしょ」

そう言って手もとでクルクルとククリナイフを回していたデックスだったが——ふいにそれをピタリと止め、叫んだ。

「あああ！　ナイフの刃が毀《こぼ》れた！　どうすんのよ！　大事にしてたのに！」

本当だ。すごいな、相当丈夫なはずなのに。

俺はそのギザギザに毀れた部分を、魔法で修理した。

「研ぎのほうは、アサカーさんじゃないとできないです」

「これくらいなら大丈夫ね、すぐに直るわ！　お父さんとこに行ってくる！」

鍛冶場に走っていくデックスを見送り、俺は残された革鎧を拾い上げる。

コーティングした肩の部分には、傷一つついていなかった。

なんか今一つ釈然《しゃくぜん》としないが……オリハルコンは防具向きなのかな？　体を直接包むことにしたらどうだろう？

試しに「伸縮」オリハルコンを薄く延ばし、Tシャツの形に整えてみた。それを二枚作り、それぞれの表面に、魔法で細かくした「硬化」オリハルコンを隙間なく貼る。

オリハルコンの針をこしらえて、いざ縫《ぬ》い合わせようとしたのだが……まったく針が通らない。硬化してしまったらしい。

服は無理か。じゃあ、一体成型はどうだろう？

試行錯誤の末、縫い目のないヌルッとしたTシャツができあがった。えいっと着てみる――なかなかいい感じかも。

だが胸の辺りに衝撃を与えたところ、体のラインにピッタリのサイズまで縮まってしまった。

えー、いきなりカッコ悪くなったな。上半身タイツって感じ？　本当に謎金属だ……鎧の下に着るぶんにはいいのかもしれないけど。体にピッタリくっついていても、脱げるのかな？　脱いでみると……お？　思ったより柔らかい。余裕で脱げるぞ。よし、これは採用。

脱いだら、オリハルコンTシャツは半分以下のサイズにまで縮まった。

こんなに縮まっちゃって、これ、着られるのか？

もう一度頭からかぶる――うん、大丈夫だ。

でもなんか、納得がいかない。その人の体にフィットするように、自動でサイズ調整されているような感じがする。

誰かの作為を感じるんだよな。

サイズが自動調整されるような材質を創《つく》れる存在がいるとすれば……。

「OL神様、センス悪いっす」

そう呟いてから、Tシャツを着た自分の肩口にナイフを突き立ててみる――ブッスリ！　ナイフが深々と刺さった。

「ひぎゃあ！」

やっぱり！

◇◇◇

三姉妹のインナーとして使えないか、研究してみるか。

あれこれ試しつつ、上下の硬化オリハルコンで、インナーを作成した。三姉妹に声をかけ、物置の前で、エステアに着替えてもらう。

「ダンナ、なんかブカブカで着心地が悪いぞ、これ？」

「どこでもいいんで、軽く衝撃を与えてみてください」

エステアが自分の肩をパンと叩くと、ピッタリした長袖シャツに変形した。

「お！　すごいな！　下も同じ要領でいいのかな？」

今度は脚を軽く叩く。するとピッタリした膝丈のスパッツに変形した。

なぜ膝丈……？

「はは！　ピッタリだ、これは動きやすくていいな！」

激しく動き始めるエステア。実験にピッタリの人材だ。

「動きが制限されるところはないですか？」

「ないな！　スッゲーいい感じだ」

「そのまま動いててくださいね？」

俺は彼女の背中に回って、軽くパンチを打つ。エステアの動きが一瞬止まった。

パンチの衝撃によりウェアが一瞬硬化したことで、エステアの動きが阻害されたようだ。

肩越しにエステアに聞く。

「これって、致命的ですかね？」

「うーん、慣れかな？　使ってみないと何とも言えない」

「じゃあ、次は物置の中で、テーブルの上にうつ伏せに寝てください」

物置に入り、エステアは素直にテーブルの上にうつ伏せになる。

「じゃ、デックスさん、エステアさんのお尻を揉んでください」

「「ちょ！」」

二人が同時に声を上げる。ヴィータも「あらー」とか言っている。

「変な意味じゃなくて、真面目な実験ですから」

デックスが躊躇っていると、横からヴィータが出てきて、むにむにとエステアの尻を揉み始めた。

「ひゃわ！」

エステアが飛び上がる。

「エステアちゃんのお尻、柔らかいわー」

「えーと、では次の実験を。エステアさんはそのままでお願いしますね」

「ダンナ、次もエロいことか？」

振り返ったエステアの頬は赤い。

俺は彼女の質問を無視して、懐からナイフを取り出し、エステアのお尻に突き立てた。

「え？」

金属を弾く音が響いた。ナイフはお尻に刺さらずに止まっている。

「「エステア！」」

デックスとヴィータが叫ぶ。

「痛くねえ……」

不思議そうに自分のお尻をさするエステア。

「今度は、ゆっくりやりますよ？」

俺はそっとナイフをお尻に突き立てる。だが、ギリギリと金属を引っかく音がするだけで、やはり刺さらない。

「どうなってるの？」

デックスが首を傾げる。

「このオリハルコンのインナー、まだ完成には遠いですねぇ」

俺は肩をすくめた。

「オリハルコンのクッションと、同じ性質ってことね？」

「ああー、だから、ゆっくり揉んだら柔らかかったわけねー？」

「でもこれで未完成って、どうなったら完成なんだよ？」

エステアがウェアを脱ぎながら聞いてくる。

「さっき俺が背中に打撃を与えたら、全体が硬くなっちゃいましたよね？　あれが気に食わないです」

「何か打開策はあるの？」

「ゆっくり考えますよ、デックスさん。たとえば皆さんの服に小さいオリハルコンの切れ端をたくさん貼りつけるとか……」

「なあダンナ、この試作品もらっていいのか？」

エステアが聞いてくる。

「いいですけど、それを着ている時は一人で行動しないでくださいね？」

「何でだ？」

「たとえば川でモンスターに襲われたとします。水に腰まで浸かった状態で攻撃を受けて体が固まって、うっかり倒れでもしたら、溺《おぼ》れる可能性もありますよ？」

「ぐ……」

「ね？　未完成でしょ？　だから皆さんに集まってもらったんです」

エステアはしばらく考え込んでから、言った。

「それでもアタイを実験に使ったってことは、アタイなら何とかすると思ったんだろ？」

「モチロンです。それにデックスさんとヴィータさんがサポートしてくれれば、絶対に事故は起きないと思いまして」

「じゃあアタイが二人にサポートしてもらいつつコイツを使いまくって、気に入らないところをダンナにどんどん伝えれば、完成品が早くできるってことだな？」

「まぁ、そうなりますかね」

「よし、アタイに任せろ」

「わかりました。デックスさん、ヴィータさん、サポートをよろしくお願いします」

「わかったわ」

「任されたー」

その日から、俺はオリハルコンの研究に没頭しようと物置にこもったが……そう都合よく関節部分だけ硬くならない方法なんて簡単に見つかるわけがなく、伝家の宝刀――ＯＬ女神様頼みもまったく効果がなかった。

これは……ちょっと無理かも。


――数日後の深夜。

ここのところ夜中まで物置にこもって研究をしているために、食事が不規則になっていて、変な時間にお腹が減ってしまった。居間で食べ物を探してみたものの、めぼしいものがなく、気分転換も兼ねて外に食べに出かけることにした。

誰か誘おうかとも思ったが、こんな時間ではアサカーさん一家はすでに就寝中だ。起こすのも忍びない。

さて、どこに行くか。

そうだ、商店街の外れに、夜中までやっている飲み屋があった。三姉妹に連れられて何度か行ったことがある。よし、あそこに行くとするか……。

◇◇◇

その女性は、ここいらでは珍しいシルバーの髪を持つ、オッパイの大きな人だった。

マスターと彼女の話を聞いているかぎりだと、どうやら昨日エンガルの町に着いたらしい。旅をしながら盛《さか》り場を流す歌手のようだ。

人懐っこい笑顔が魅力的で、男を引き付けてやまない夜の女性特有の存在感があった。

「隣、いいかしら？」

彼女はカウンター席の反対の端に座る俺と目が合うと、にっこり微笑んでそう言った。

「えぇどうぞ、美しいお嬢さん。マスター、彼女に俺と同じものを」

彼女は慌てて手を振る。

「いえ、うどんは結構よ。少しお話ししない？」

俺の太腿に手を置き、しな垂れかかってきた。

「ええ、構いませんよ。貴女《あなた》のような美しい方は久しぶりなので、大歓迎です。それと、うどんの汁を啜っている時に寄りかかってくると、火傷《やけど》するぜ？　……俺が」

「まあ、身持ちが固いのね？」

「身持ちが固いんじゃない、美しい薔薇《ばら》の花に隠された甘い棘《とげ》を警戒しているだけさ。マスター、彼女に磯辺揚《いそべあ》げを」

首を横に振る彼女。

「いえ結構よ、夜中に揚げ物は食べない主義なの。何か飲み物をいただいても？」

「おっとそれは気づかなかった。気が利かなくて済まなかったね、ここのうどんの汁は出汁《だし》がきいてて美味しいんだ。マスター――」

彼女は俺を制するようにまた身を寄せてきた。

「お出汁も素敵だけど、お酒をいただいても？」

「お酒でよろしいんで？」

俺はマスターに向かって頷く。

マスターが、酒を持ってきた。

「俺の店で最初からうどんをかっ食らってるのはお前ぇだけだよ！　イント」

マスターが優しい笑顔を向けてくる。俺は軽く丼を掲げて応じた。

「お嬢さんは昨日エンガルに着いたと、さきほど噂で聞いたんですが？」

「あら、噂になってるの？」

「そりゃあこんな美しい歌姫がいれば、その噂はうどんに入れた天かすが溶けるよりも速く広がるでしょうね」

「とりあえず会話にうどんを絡めるのはこの辺にしてもらって、貴方《あなた》のことも聞きたいわ。私のことばかりで、ずるいもの」

彼女は拗《す》ねたように唇を尖らせる。

「申し遅れました、俺はイントといいます。この町でハンターの真似事などをしています」

「本当に真似事だよな……」

マスターが呟く。

「私はカレンよ、あちこちの町を行ったり来たりして、歌を唄う生活をしているわ」

「あぁ、素敵な歌声でしたよ」

「今夜はまだ歌ってないけど、ありがとう」

「カレンさんは、エンガルに来る前はどこにいらしたんですか？」

カレンはグラスを口もとに持っていき、喉を鳴らして飲んだ。

「ユベツの町。ここから北にある町ね」

「いいですね、俺も町から町への旅に憧れてしまいます」

深いため息をつくカレン。

「いいことばかりじゃないのよ、寂しいことや悲しいこともあるわ」

「それでも続けているのは、素敵な出会いもあるからでしょう？」

カレンが俺を見つめる。

「そうね、今夜みたいな素敵な出会いがあるからかもしれないわね」

そしてニッコリと笑った。

「マスター、いつもの」

「うどんのお代わりか？　イント」

その後も楽しいひとときを過ごし——俺達は打ち解けあった。

「……その時俺は言ったんだよ、お前の尻にはうどんの尻尾が生えてるってね」

「あはは、面白いわイント、最高ね」

これは！　イケるのか？　もう彼女はどこをつついても「あは～ん」とか「うふ～ん」とか言いそうな雰囲気だ！

試しに肩をつついてみる。

「あは～ん」

来た！　俺の時代がやって来た！

「私もそろそろ、一つの町に落ち着きたいと思ってたの。イント、私……」

来た来た！　もう一押しだ！

もう一押しで――。

「お父さん、お腹減ったー」

「パパー、あたしもおうどん食べたいー」

「父ちゃんー、アタイ磯辺揚げ二つでー」

振り返ると……俺の上着を掴んで、三姉妹が立っていた。

一瞬固まったあと、そっとカレンに視線を送る。彼女は、たった今見せていた蕩《とろ》けそうな笑顔ではなく、蝋《ろう》人形のような冷えた表情を浮かべている。

慌てて三姉妹に事情説明をしようと向き直ると、三人ともちゃっかりカウンター席に座り、マスターにうどんを注文し始めていた。

店を変えようと提案するために再度振り返った時には、カレンの姿は消えていた。まるで幻であったかのように。

店の外から、悲しげなブルースが聞こえた気がした。

ドン！　とカウンター席に勢いよく丼が三つ置かれる。マスターが言った。

「はいよ、うどん三つ。それとうちは飲み屋で、うどん屋じゃねえからな？」

9　引っ越し！　試作二号！　インドア派！

今日はなぜか、早朝から土木工事をさせられた。

俺は首からプレートを下げながら、三姉妹のための地下練習場を造った。プレートには「もう浮気しません」と書かれている。工事を終えた今も、それを外す許可をもらえていない。

地下練習場は、近所からの苦情を受けて造ることになった。三姉妹の稽古の音がやかましすぎるためだそうだ。

先日こしらえたお風呂のほうも、週に一度はご近所さんに開放することにした。

俺がいなくてもいいように、薪で沸かせる簡易ボイラーも設置したし……もう働きづめだ。

地下練習場は、「とにかく音が漏れないようにしてくれ」とアサカーさんに頼まれたので、結構深く掘った。

だがそのせいか「暗い！」と三姉妹に酷評《こくひょう》され、俺の研究施設兼住居にすることになってしまった。俺は物置暮らしのままでよかったので、練習場の件はどうするのか、とやんわり抗議したのだが……「風呂を開放すりゃ、近所の奴らもしばらくは文句言わないだろ！」とエステアが主張して、あとの二人が賛成し、しまいにはアサカーさんまでＯＫを出してしまった。

「ダンナ引っ越し手伝うぜ！　何持って行けばいいんだ？」

「そういえば俺って、私物は何もないんですよね。オリハルコンくらいですかね？　あとは着替えと……」

「ダーリン、家具くらいは揃えたほうがいいと思うのー」

「まあでも、大抵の家具は土魔法で造れますしね」

「それにしても、地下で暮らし始めると、また時間感覚が狂って夜中に悪さしそうね」

デックスが俺を横目で睨む。

「悪さなんかしたことないですよ。それより、ランプの代わりの魔法って、なんかないんですかね？　あの地下室、ランプじゃ確かに暗くて」

「悪さしたっていう自覚がまだ足りないみたいね？　まあいいわ。えーと、明かり系の魔法は弱めのファイヤボールで代用することが多いわよ」

「燃費悪いっすね……魔石みたいな、都合のいいものとかないんですか？」

「あるけど、魔石の重さと同じ重さの金貨で売買《ばいばい》されてるわよ」

「……ランプで十分ですね」

あとで天窓を造ろう。透明度の低いガラスしか錬成できないけど、ないよりはマシだろう。

「それでイント。オリハルコンのスーツって、進行具合はどうなの？」

デックスが聞いてきた。

「あー、試作品二号できました。ちょうどいいので、エステアさんとテストしてもらえます？　今度は二種類のウェアの組み合わせなので」

「あたしだけ仲間外れー？」

ヴィータがむくれている。

「ヴィータさんは動きが少し違いますからね、特別です」

彼女をなだめつつ、俺は物置の奥から二種類のウェアを持ってきた。

「エステアさんはこっちです」

エステアに渡したのは、全身タイツの、関節部分を切り取ったものだ。

デックスには逆に、全身の関節部分だけを覆うサポーターを渡す。

「衝撃を受けた部分が硬化するので、パーツをバラしてみました。サポーターのほうは関節が固定されるのを防ぐために、小さい板状のオリハルコンを継ぎ合わせて造ってあります」

「これで両方とも問題がなかったら、組み合わせてしまえばいいわけね？」

「はい、着脱にすっごい手間がかかりますが……防具としては天下無双です」

「あたしは、二人のサポートってわけね？　いいけど、あたしも早く着てみたいー」

またむくれるヴィータ。俺はもう一度「ヴィータさんは特別ですから」となだめ、エステアを向いた。

「それとですね、水中のテストとかしたいんですよね……」

「ダンナ、アタイの水着見たいのか？」

「このウェアって一番怖いのは水中だと思うんです。水の中で体が固まるって、想像しただけで怖くないですか？」

エステアの発言はとりあえず流した。

デックスが呟く。

「確かに恐ろしいわね、夢に見そう……」

川の中で小石がぶつかるたびに硬直していたら、あっという間に水底に引きずり込まれる……だから怖くてテストできなかったのだが、いつまでも先延ばしにしてたってしょうがないもんな。

ただ……そもそもここまでの装備強化って、必要あるのだろうか？

「あのー、ちょっと聞きたいんですけど、皆さん防具の強化って必要なんですか？　いつもハンター用の作業服で狩りとかしてるのに」

デックスが頬杖をつきながら言う。

「まあ、この辺に出てくる獲物相手なら必要ないわね。だけど毎年ヤバいのが何体か町に入ってくるのよ。私達はモンスター専属だから、どんなにヤバいのが現れても、出ていかなきゃダメなの」

「駐屯してる騎士団は対人部隊だからな。モンスター相手にするには装備が違い過ぎて、からっきしダメなんだ。けど、人間相手だとあいつらすごい強ぇんだよ。一度ケンカしたことあってさ……

もうやりたくねぇな」

騎士団の人とケンカしたんですか、エステアさん……。

「ハンターランクを上げるには、ランクの高いモンスターの討伐だってこなさなきゃだしー。どうせヤバいのが現れたら駆り出されるんだから、あらかじめランク上げといたほうがいいのよねー」

「じゃあどうして今まで、積極的にランクを上げなかったんですか？」

「「「婚活に響くから」」」

三姉妹がハモる。

「そんな理由ですか？」

「これ以上の理由はないわよ、けどもう人妻だから、遠慮なくランクを上げられるわ」

「そうねぇ。ダーリンも狩りに連れていけば、ダーリンのランクも上がるし、浮気も防止できて、一石二鳥《いっせきにちょう》ねー」

「俺はFランクで十分ですよ」

結局いまだに最低ランクだが、ランクが上がると面倒なことが増えそうだし。近所の山で稼げるんだから無理することはないよね？

「ダンナが表で活躍してくれないと、色々な人が困るんだよ！」

「誰ですか、色々な人って？」

「色々な人だよ」

色々困るらしい。

「俺は基本インドア派なので、お外は苦手なんですよ」

「酒場には行くくせに……」

デックスがまた俺を睨む。あとの二人も同じ目で見てくる。

「うどんくらいは勘弁してくださいよ」

俺は力なく抗議した。

「昨夜のは、うどんの『薬味』が問題だったのよ」

一際鋭い眼光を向けてくるデックス。

ああ、カレンさん……また会えないかなぁ。

◇◇◇

次の日、近くの川に足を運び、オリハルコンウェアの水中テストを行うことにした。

エンガルの町の中心部を流れるユベツ川。ユベツの港まで流れていて、魚影も濃く、魚釣りの名所でもあるらしい。

「新しい水着で、まだ体になじまないから……ポロリもあるかもしれねぇな、ダンナ！」

エステアがニヤリと笑う。彼女のウェアは各関節が覆われていないので、セパレート水着に手足サポーター、そして腹巻きという、微妙な格好だ。

「俺が錬成して、体にピッタリの水着を用意しましょうか？」

「鉄板巻いて歩けってこと？　何か深い意味でもあるのかしら？　イント」

そう言いながら、デックスが白いビキニ姿で登場した。

「深読みし過ぎです」

「じゃあ浅瀬でテストね？」

デックスとエステアが浅瀬に入っていき、そこで睨み合う。

ヴィータは少し離れた下流で待機だ。

武器は、デックスがククリナイフに似せた竹光《たけみつ》二刀流、エステアは拳に木綿の細帯をバンテージみたいに巻いている。

構えはエステアが大きく、デックスは小さい——対照的だ。

まず、デックスが仕掛けた。

パシャリ、と音がしたと思ったら、ほとんど水面を滑るような動きでエステアの正面へ向かっていく。

対するエステアは笑みを浮かべながら足を踏み出し、水底を踏みつける。

踏みつけられた水面は水の壁となり、デックスの前に立ち塞がった。エステアはその陰に潜み、体軸をわずかにずらす。

デックスが水の壁を右手のナイフで切り裂いて視界を確保し、左手のナイフでエステアに切りかかる。

薙《な》ぐように首もとへ向かう刃をエステアは右腕でブロックした。普通なら利き腕が切り飛ばされる悪手だが、エステアはオリハルコンウェアに全幅《ぜんぷく》の信頼を置いているらしく、ナイフの前に躊躇いなく腕を投げ出した。

それを読んでいたのか、デックスは急激にナイフの速度を緩めた。

曲げ刃の凹みをエステアの腕に当てがい、引きつけながら足を払って投げにかかる。

真剣とウェアなしの腕だったらこの時点でエステアの肘から下は切り落とされていただろう。

だがエステアは踏んばる。

投げ切れないと悟ったらしいデックスはいったん間合いをとろうとするが、今度はエステアのターンだ。

間合いに入り込んだデックスに、容赦なくボディブローを打ち込む。

地面が揺らぐほどの音が響くが——デックスはそれをかろうじて膝で防いでいた。

オリハルコンのサポーターがなければ、膝の皿が割れていたはずだ。

彼女はエステアの視界を奪うためにナイフを鼻先に放り込もうとするが、エステアはワンテンポ速く体を沈み込ませてそれをかわし、腹めがけて拳を突き上げた。

「キシッ！」

エステアの口から気合いが漏れる。

デックスは両肘を揃えてボディをブロックする。だがエステアのその攻撃は、ダメージを狙う打撃ではなかった。相手の体を浮かせるための打撃だったのだ。デックスはエステアの拳に押され、バック転を余儀なくされる。

回転の軌道を変えるために、新体操の選手のように胸を大きく反《そ》らしてエステアの拳の間合いから外れるデックス――だがエステアのバンテージはオープンフィンガーだ。

反らしたデックスの胸に貫き手が迫り、貫くかと思った瞬間、デックスのナイフがエステアの手首を薙いだ。弾かれるエステアの腕。

互いに距離をとった二人だったが、エステアの指の隙間に、デックスのビキニのブラジャーが挟まっている。

勝負は決まった。

質量の足りないデックスの胸が、悲しげにぷるりと揺れる。

それを見てしまった俺は、眼底にヒビが入る勢いの目潰しをデックスからいただいた。

◇◇◇

「それではこれから反省会を行います」

川原で輪になって座りながら、俺が言った。

「はい！　先生！」

「はいエステアさん」

勢いよく挙手したエステアを指す。

「デックスさんはブラ紐が緩かったので、最初からポロリを狙ってた節《ふし》があります！」

「な！　ね、狙ってないわよ！」

激しく狼狽えるデックス。

「そういった疑惑は置いておいて……デックスさんは、無闇に人の目を潰すのは控えるように！」

「はい……」

「あとエステアさん、テストの時に顔が殺し屋になってたので気をつけてください。夜に夢を見たら、確実に魘《うな》されるレベルでした。怖いです」

「そうなったら、添い寝してやるよ」

ウィンクするエステア。

「夜尿症《やにょうしょう》になるわい！　それからヴィータさん、今回も見せ場がなくてごめんなさい」

「うわーん」

目もとを覆うヴィータを、両脇から姉と妹が慰める。

「それでですね。今回の勝敗を決したのは、純粋な戦闘の力量ではなくウェアに慣れているか慣れていないかの差だと思うんですよ」

「まぁそうだろうな、竹光とはいえ躊躇なく腕でナイフをブロックするなんて、普通じゃ考えられねえもん」

「でもエステアさん、ウェアを着ていれば無敵ですが、その『癖』がついたら恐ろしいことになると思いませんか？」

「ずっとウェアを着てれば平気じゃないのか？」

「たとえばこの先、ウェアの実験を続け、一ヶ月も経過したら——ウェアを脱いで互いに本気でやり合った時、エステアさんはエステアさんはあっさり負けるでしょうね」

「慣れてしまうと、ウェアに依存《いぞん》した戦いになるってこと？」

デックスが真面目な顔つきで聞く。

「そうです。もし、この防具のせいでエステアさんに備わってたはずの危険察知の勘みたいなものが鈍くなってしまったら、本末転倒《ほんまつてんとう》かと思いまして」

しきりに考え込んでいたエステアが手を挙げる。

「確かに四六時中これを着てれば勘も鈍るだろうし、噛みついてくる狼の口に腕を突っ込むとかしそうだな……だけど、要は頭の切り替えだろ？」

「簡単に切り替えができればいいんですけど……」

俺は一度言葉を区切って、三人を見回した。

「では、このスーツを不測の事態に備えた保険として使うか、鉄火場でもう一歩前に出るための勇気として使うか――皆さんの意見を聞きたいと思います。その答えによっては開発を打ち切って、低反発マットレスに方向転換します」

ポカンとする三人。

「マットレスって何だ？」

エステアが聞く。

「敷き布団です」

俺が答えると、三姉妹は声を上げた。

「「「えー！」」」

まあ……そういう反応になるよな。

閑話　イントの知らない話　その2

ここは、アサカー鍛冶屋の居間である。

ランプに照らされた夕食の煮込み料理は冷えきって、香りもしない。

そこに、抜け殻のようになった三姉妹が、眉根に皺を寄せて座っていた。昼間にイントから言われた言葉の意味を、考えているのだ。

——ウェアを保険として使うか、それとも一歩踏み出すための勇気として使うか。

あの常識外れな性能のオリハルコンウェアを着用することが叶うなら、湿地に棲《す》み着いているリザードマンの巣の壊滅はおろか、バシリスクやドレイクなどの大型モンスターの討伐にも、遠足感覚で行けることだろう。

だが、イントは三姉妹がそうした行動に出るのを嫌がっているように思われる。

いつもの怠け癖かと思いきや、いつになく強い口調で三人に選択を迫ってきたのだ。

おそらく「保険として使う」が正答だと、三人ともわかっていた……しかし、なぜ？　と聞かれても答えることができない。

そもそも強くなってランクの高いモンスターに挑むことが、イントはなぜ気に食わないのか。考えてみてもわからない。三人の理解の範疇《はんちゅう》を超えていた。

沈んだ空気のアサカー家の居間に、仕事を終えた一家の長、アサカーが入ってきた。

「お前ぇ達まだ食ってないのか？　どうした、辛気臭い顔して。イントに嫌われでもしたか？」

今ピンポイントで触れられたくない話題を冗談混じりに冷やかされ、三人から殺気が立ち上る。

「穏やかじゃねえな。本当にイントに振られたのか？」

行き詰まり具合も最高潮に達している三人が、苛立ちまぎれに昼間の出来事をアサカーに説明した。

黙って聞いていたアサカーはニヤニヤ笑い、三人の頭を順に撫で、椅子にどかりと座った。

「お前ぇらは、作り手の気持ちってやつがわかってねえな」

冷えた煮込み料理をつまみ食いし、酒瓶をたぐり寄せるアサカー。

「十歳からハンターなんざやってるが……お前ぇらに防具を装備させる俺の気持ちってのは、考えたことがあるか？」

三人は首を横に振った。

「お前ぇらが初めて受けた依頼の薬草とりの時なんざ、依頼の薬草を俺が事前に採取しといてな、先回りして植えて回ったんだ」

三人は顔を見合わせた。知らなかった。

「ベニヤでできたハンターライセンスを握りしめて帰ってきた時にはな、ギルド長のササクを殴りに行ったもんだ。『十歳の子供を合格させるなんて、何考えてやがる！』ってな」

エステアが恥ずかしそうに頭を掻く。

「お前ぇらには信頼できる装備を渡しちゃいるが……その信頼ってのがどこから来るか、わかるか？」

三人は黙っている。わからないのだ。

「鉄の鎧、革の鎧……なんてのはな、百年以上昔から、先人達が命を懸けて検証してきた結果なんだよ。狼相手なら、こいつを着てれば生きて帰ってこられた、こんな形状の肘当てだから腕をもがれた、ここがもう少し長かったらあいつは死ななかった、こんな素材なら父親は死ななかった、息子は死ななかった、娘は死ななかった……」

いつの間にか真剣な眼差しになったアサカーに、三人は思わず固唾《かたず》を呑んだ。

「俺が装備させた防具でお前ぇら一人でも死んでたら、俺ぁどうしてたろうなあ？　お前ぇらの仕事は理解してるさ、危険がつきものだが、町を守る尊《とうと》い仕事だ。だが俺の仕事はハンターを強くすることじゃねえ、ハンターが逃げ帰ってくる確率を高めることだ。武器だって同じさ。イントは造った武器を、必ず俺のところに持ってくる。仕上げを頼みにな」

三人は一様にしょげた顔つきになり、俯いた。

「イントの造っちまったオリハルコンのウェアってやつぁ、お前ぇらが逃げるタイミングを遅らせちまう防具なんだよ。逃げるどころか、もう一歩前に踏み出しちまう、そんなもんをお前ぇらに着せちまうのが怖ぇんだろうよ。しかも何の保証も実績もねぇシロモンだ、これでお前ぇらの誰かが死んだりしたら……」

アサカーが三人を見据える。

「俺ぁ、イントを殺すぜ」

俯いたままの三人に、アサカーは続けた。

「奴がその辺のことをわかっててお前ぇらにウェアを着せるのを渋ってるなら、俺ぁ何も言わねぇ。あとはお前ぇらの気構え次第だ。要はイントの野郎は、ビビってんだよ！」

酒を注いだジョッキを、テーブルに叩きつける。

「大事な嫁達を――自分の防具で殺しちまうのをな」

アサカーはニヤリと笑う。

三人は顔を見合わせてから、笑みを浮かべた。そしてアサカーの首もとに抱きつき、バタバタと食堂を出ていった。

ジョッキの酒を一気に飲み干し、娘達の作った煮物をつまむアサカー。

「女房が死んでから一人で背負ってきたが、三人いっぺんに下りちまうと、背中がスースーしやがるな……」

そう呟いてから、もう一口、煮物を口に放り込んだ。

◇◇◇

朝からウェアのテストをしたけど……結果は芳《かんば》しくなかった。ウェアの性能に人間が引っ張られて、一流のハンターが持つ危険に対する感受性が鈍くなってしまうのでは、本末転倒もいいとこだ。お世話になっているアサカーさんの娘さん達には絶対怪我をさせたくなかったけど……このままじゃ、そのうち大怪我させちゃいそうだ。そう考えると、恐ろしくてしょうがない。

「はあー……」

ため息をついていると、俺の新居である地下室に、三姉妹が押し寄せてきた。

「ダンナ！　ゴメン。アタイ、ウェアの使い方間違ってた！　なんて言えばいいのかわかんねーけど、ダンナは心配してくれたんだよな？」

「安全マージンをキチンと取るわ、少しずつ安全を確かめながらやっていきましょう。不確定な安全に胡座《あぐら》をかくようなことはしないわ、ゴメンなさい」

「ゴメンね。ダーリンも守るけど自分も守る。だから安心して」

矢継ぎ早に三人から謝罪された。言葉に詰まる。俺がクヨクヨ心配していたのを、見透かされた感じがした。

「えと……俺はヘタレだから、戦闘行為自体が怖いんです。臆病《おくびょう》な意見かもしれないけど、親しい人が怪我したり死んだりってのを想像するだけで、足が震えるんですよ。だから、なんて言うか、その……」

三姉妹が首に抱きついてきた。笑顔で力を込めてくる。

「ダンナ、大好きだぜ！」

「ダーリン、大好きー！」

「わ、私もその、好きよ！」

息ができない……降参の意味でタップするが、三人とも「わかってる」しか言わない。

「かひゅ、かひゅ……」

「わかってるって、ダンナ」

エステアが一層力を込める。

「ヒュー……」

意識が遠のく。最近こんなのばっか……落ち癖がついたかな。

◇◇◇

「イント、おはよう」

「ダンナ、おはよう」

「ダーリン、起きて」

耳もとで声が聞こえる。

寝ちゃってた？　昨日落とされたあと、そのまま朝まで寝ちゃったのかな？

「おはようございます、皆さん」

ムクリと起き上がると、なんか全身がスースーする——見れば、素っ裸。

いつの間に脱いだのかな？　脱いだ記憶ないけど……なんか嫌な予感がする。

「あの……」

「「「なーに？」」」

めくった毛布の下には、裸の三人が。

はめられた……いや、はめさせられた？

「あのー、なぜ皆さんが？」

「なんだ？　ダンナもう一回か？　いいぜ？」

「もう、積極的なんだから……でも、いいわよ」

「ダーリン、素敵だったー」

いつになくニコニコ顔の三人。……怖い。

「あの……俺ですね、昨夜からの記憶が——」

「初めての思い出を大事にしたいの。乙女の夢を壊すようなこと、ダーリンは言わないよねー？」

俺の口を押さえてヴィータが言った。

――詰んだ。

ハッタリか？　それとも事実か？　意外と純情でウブなデックスあたりなら、ブラフを仕掛ければボロを出すかな。失敗した時のリスクは高いが……やるしかない。

「ごめんね、デックスさん」

デックスの体に手を這わせ、お尻、背中、胸へと優しく移る……彼女の顔がみるみる赤くなっていく。この反応は、おそらくまだ未経験！　頭の中に「勝訴！」の巻き紙を持って走ってくる俺の姿が浮かぶ。

「もう、しょ、しょうがないわね」

デックスがガバッと覆い被さり、大人のチューをしてきた！　ヤバイ……ブラフを掛け合って最終的に追い込まれるのは……俺だ。

ここが引き時か。

「こ、降参っす……」

「降参の意味するところはわからないけど、私達の勝ちなのかしら？」

デックスがニヤリと笑う。

「このまま昨日の続きをしてもいいいんだぜ？」

エステアが俺の耳を甘噛みした。

「激しかったわ～」

ヴィータが布団に潜り込む。たぶんやっていないはずなのに……証拠がない。

負けた……。

こうして——俺は妻帯者になった。

◇◇◇

朝の食卓で、アサカーさんは最初は異変に気づいていないようだった。しかし、俺の青い顔と三姉妹の勝ち誇った顔を見て何かを悟ったらしく「こ、これからもよろしくな、婿さん」と言って、俺の肩に手を置き、そそくさと自分の職場に向かっていった。

砂のような朝食を食べていると、三姉妹が地下室への引っ越しを主張し、生活スペースの拡充と、明かりとり用のガラスの増設を求めてきた。また表で土木工事か……。

地面に埋め込むタイプの窓だとエステアあたりがその上を歩いてあっさり踏み抜く気がするので、地表から一メートルほど高さを出した天窓をいくつか設置していたところ——近所の大工さんが、風呂場の屋根と入り口を取りつけにやってきた。

「ご苦労様です、屋根の取りつけですよね？」

「おお、あんちゃんが三姉妹の旦那さんか？　大した胆力の持ち主だな」

「自分でも驚いてます。えーと、床と壁を造ったのは俺なんで、穴でも何でも掘りますから、必要があれば言ってください」

「おう、助かるぜあんちゃん。石工がいるなら今日の仕事は楽だな。ところでこの建物は何なんだ？　変わった造りだな？」

風呂を眺めながら棟梁《とうりょう》が言う。

「できあがったら、棟梁にも楽しんでもらえますよ」

「ほお、それじゃあ気合いを入れて終わらせねえとな！」

その後、棟梁の指示した場所にいくつか細工をしたが、魔法でやる手軽さに彼は驚き、遠慮なく手伝いを頼まれた。その分、予定の半分以下の時間で浴場は完成した。

屋根と入り口と、ついでに木の窓までついた浴場の中で仕上げに浴槽を掘り下げる。大人五、六人が余裕で入れるくらいの広さの浴槽に、水をじゃんじゃん入れていく。最後にファイヤボールをいくつか打ち込むと湯気が立ち上り、風呂っぽくなってきた。

気づけば夕方になっていたので棟梁と、あとアサカーさんも誘い、男三人、風呂で一杯引っかけることにした。

「こりゃあ、いいな！　酒も進んじまうぜ」

アサカーさんは顔を赤らめながら、盆に載せた酒を美味そうに口に運んでいる。

「風呂で飲むと回りが速いですから、気をつけてくださいね？」

棟梁も喉を鳴らして酒を飲みながら、天井を眺めて言った。

「疲れも飛ぶな、こりゃ」

おっさん二人には大好評のようだ。

「週一で近所の皆さんにも開放するんで、また入りに来てくださいよ」

「おお、それは助かる。いい婿さんをもらったな、鍛冶屋の」

棟梁は湯に顎まで浸かりながら笑う。

「娘を三人も差し出したんだ、これくらいいい婿じゃねぇと釣り合わんよ、大工の」

アサカーさんがぐいっと酒を呷《あお》った。

「ちげーねーな、がはははははは！」

人の気も知らないおっさん達を残し、俺は先に風呂を上がった。

遠くの空は日が暮れかけて、赤々とした夕焼けがどこまでも広がっている。

建物の間から渡る風が気持ちいい。今度、三姉妹に風呂上がり用の甚兵衛《じんべえ》でも作ってもらおうかな？

「あ、イント！」

振り返ると、デックスが立っていた。もちろんヴィータとエステアも一緒だ。夕ごはんの材料かな、それぞれ両手いっぱいに食材を抱えている。

「今日の夕飯は、俺も手伝いますよー！」

俺がそう言うと、三人はにっこり笑いながら、こちらに向かって歩いてきた。
俺も笑い返す。
こんな異世界生活も、案外悪くないよね？

2016年3月より
とあるおっさんのVRMMO活動記
PCオンラインゲーム
絶賛サービス中！
ワンモア・フリーライフ・オンライン
とあるおっさんのオンライン活動記
生産あり
バトルあり！
冒険
Quest
生産
Craft
編成
Party
装備
Equipment
酒場
Bar
チャット
OFF
閉じる
決定
キャラクター固有のスキルを自由に組み合わせ、
自分だけのコンビネーションを繰り出そう！
詳しくは http://omf-game.alphapolis.co.jp/ へアクセス！
©2000-2016 AlphaPolis Co.,Ltd. All Rights Reserved.

シリーズ20万部突破!
大人気小説「Bグループの少年」
ゲームアプリで
タップバトルRPG
登場!!
B少タップ!
～Bグループの少年激闘編～
タップするだけ簡単操作!
【Android】Google Play
【iOS】App Store
で好評配信中!
世界制覇を目指し、
タップ連打で敵を蹴散らせ!

The Boy Who belongs to Group"B"
Bグループの少年
1~6
櫻井春輝
Sakurai Haruki
累計
20万部!
新感覚
ボーイ・ミーツ・ガール!
「俺は目立ちたくない!」
実力を隠して地味を装うエセBグループ少年——
助けてしまったのは学園一の
超Aグループ美少女!
中学時代、悪目立ちするA(目立つ)グループに属していた桜木亮は、高校では平穏に生きるため、ひっそりとB(平凡)グループに溶け込んでいた。ところが、とびきりのAグループ美少女・藤本恵梨花との出会いを機に、亮の静かな日常は一転する——!?
1～6巻好評発売中!
各定価:本体1200円+税 illustration:霜月えいと
コミック最新刊
「Bグループの少年X」
絶賛発売中!
俺は目立ちたくない!
「Bグループの少年1·2」
漫画:うおぬまゆう
「Bグループの少年X」
漫画:梵辛
地味男子×美少女
各B6判 各定価:本体680円+税

ネットで話題沸騰！
アルファポリスWeb漫画
面白い漫画が毎週読める!!
アルファポリスCOMICS
ゲート GATE 自衛隊 彼の地にて、斯く戦えり
原作：柳内たくみ
漫画：竿尾悟
原作：秋川滝美
漫画：しわすだ
居酒屋ぼったくり
THE NEW GATE ザ・ニュー・ゲート
原作：風波しのぎ
漫画：三輪ヨシユキ
月が導く異世界道中
原作：あずみ圭
漫画：木野コトラ
原作：西和尚
漫画：村松麻由
魔拳のデイドリーマー
人気連載陣
異世界を制御魔法で切り開け！
のんびりVRMMO記
転生しちゃったよ（いや、ごめん）
異世界転生騒動記
効率厨魔導師、第二の人生で魔導を極める
スピリット・マイグレーション
黒の創造召喚師
and more...
原作 椎名ほわほわ
漫画 六堂秀哉
とあるおっさんのVRMMO活動記
原作：金斬児狐
漫画：小早川ハルヨシ
Re:MONSTER リ・モンスター
選りすぐりのWeb漫画が無料で読み放題！
今すぐアクセス！
アルファポリス 漫画
検索
アルファポリスアプリ
スマホでも漫画が読める！
App Store/Google play でダウンロード！

八田若忠（やつたわかただ）
北海道在住。2015 年 1 月より「小説家になろう」にて本作の連載を開始。2016 年、本作で出版デビュー。趣味は暴飲暴食。

イラスト：絵西
https://e-nisi.tumblr.com/

本書は、「小説家になろう」（http://syosetu.com/）に掲載されていたものを、改稿のうえ書籍化したものです。

異世界転移《いせかいてんい》したよ！

八田若忠

2016年 5月 31日初版発行

編集－三浦隼・篠木歩・太田鉄平
編集長－塙綾子
発行者－梶本雄介
発行所－株式会社アルファポリス
〒150-6005 東京都渋谷区恵比寿4-20-3 恵比寿ｶﾞｰﾃﾞﾝﾌﾟﾚｲｽﾀﾜｰ5F
TEL 03-6277-1601（営業） 03-6277-1602（編集）
URL http://www.alphapolis.co.jp/
発売元－株式会社星雲社
〒112-0012東京都文京区大塚3-21-10
TEL 03-3947-1021
装丁・本文イラスト－絵西
装丁デザイン－AFTERGLOW
印刷－中央精版印刷株式会社

価格はカバーに表示されてあります。
落丁乱丁の場合はアルファポリスまでご連絡ください。
送料は小社負担でお取り替えします。

ISBN978-4-434-22015-9 C0093